YOUNG AGE小說鮮視界！
YA!
青春滿點！活力滿載！好看滿分！

閉靈特攻隊 3

青樹佑夜—著

綾峰欄人—圖

人物介紹
藤邑綾乃
擁有靈魂出竅能力的超能力少女，可以把意識具體化，也可以附身在別人身上。外型是個超級美少女，但也是個食量無敵的超級大胃王。
當真条威
擁有千里眼、預知能力的超能力者，是綾乃他們信任的領頭人物。在上次的超能力者大戰中，發揮了驚人的能力。
馳 翔
平凡的國三生，興趣是模型與沉浸在自己的幻想世界裡。在遇見綾乃等人之後，他的生活起了不同以往的劇變，被夥伴們誤認為是擁有念動力的超能力者。

燈山晶
翔就讀的學校的警衛，政府神秘組織『危管隊』的前成員。雖然是身材超級好的女生，舉止卻像男人一樣，也像男人一樣厲害。
火室海人
擁有操縱『火』能力的超能力者，從小在橫濱的無國籍街長大。雖然和綾乃同年，但身材非常高，說話有點粗魯，卻很重義氣。
伯小龍
擁有操縱『氣』能力的超能力者，他有著中國的血統和外表，說起話來也帶點異國語調，是一個天真單純的少年。
G.
馳龍馬
馳翔的父親，在家人的眼中，他是個幽默又能帶動家中氣氛的好爸爸。雖然家人都以為他只是個在公司等待退休的中年社員，但其實他是個實力超強的超能力者。

生島荒太

綠屋的三位開發主任之一，負責追捕由綠屋逃亡的条威等人，充滿了野心。在得知『類別零』的存在後，就想將這種能力收為己用。

天宮將

擁有瞬移力的超能力者，每秒鐘可以移動十公尺的距離，常在迅雷不及掩耳之間就把敵人擊垮。

春日麻耶

擁有心電感應中的傳心術的超能力少女，可以改變人類的腦波，使他們看到不同的逼真幻象。外表像日本娃娃一樣清秀，但個性卻很糟。

飛鷹猛丸

擁有念動力的超能力者。因為上一次的超能力者大戰被翔所救，兩人也成了朋友，所以離開了綠屋。

一色冬子

擁有召喚死靈能力的超能力者，常常自己低聲念著喃喃不明的咒語。

曉塔夜

擁有千里眼、讀心術的超能力者，個子很小，看起來像小孩子一樣，但舉止卻非常成熟。

目次

＊本故事內容為虛構，與實際人物、團體、場所無關。

前言

佐佐木京介將愛車保時捷911Carrera停在車站的圓環處，從飲料架拿出沛綠雅的綠色瓶子。

他看了眼轉速表底下的時間。

『剛好十五分，他今天也會比我晚一分鐘吧。』

自言自語完，他一口氣喝乾刺激的氣泡式礦泉水。

上午十一點十五分，新橫濱車站圓環。

上班族在暮夏偏低的陽光照射下，拖著黑影快步前進。

人群在人行道上眼花撩亂地交錯。只見『他』穿梭人們錯身剎那的縫隙、越過人潮而來。

約定時間是『十一點過後』。和擔任佐佐木上司的時候一樣，沒有精確的見面時間，但『他』卻不曾讓佐佐木等過。

佐佐木遲到，『他』也會遲到，然後在佐佐木匆忙抵達約定地點的一分鐘之後，翩然現身。

佐佐木過去對於這點一直感覺不可思議。

當然，並非他現在已經釋懷了，只是他差不多已經能夠接受這無法合理解釋的現象。

佐佐木連忙把沛綠雅的瓶子擺回飲料架上，打開保時捷沉重的車門迎接『他』。

『久違了，局長。』

見到佐佐木特地下車，『他』苦笑。

『拜託，京介，別那麼官腔，也別叫我局長。我早已不是「危管隊」的一員了。』

『是的，很抱歉……前輩。從九州搭乘新幹線到這裡，很累人吧。』

『不，比起搭飛機輕鬆多了。我說真的，雙腳沒踏到地上，實在教人忐忑不安。你的車子還是一樣引人側目。』

說著，『他』繞到右邊的副駕駛座。

『無須改造就能夠以兩百五十公里時速巡邏、可以搭載四人、坐臥舒適——結果選來選去還是選到這種車。』

『兩百五十公里啊，麻煩載我的時候，別開那麼快。』

『他』坐進副駕駛座裡，意味深長地笑了笑。

佐佐木自覺自己的感覺愈來愈不正常。

他現在的立場超越常識與法規。

事實上，以兩百五十公里的速度奔馳高速公路、趕往『現場』很平常，也不曾被公路巡邏隊責怪。

全國警察機關規定，無論在任何場合見到車牌上寫著紅色『C』的車輛，一律禁止攔阻或跟蹤。

佐佐木知道這條奇妙的規定是什麼意思，是在自己的愛車車牌被刻上所屬組織名稱的第一個字母『C』之後。

算一算，已經是十年前的事了。他原本是警視廳搜查一課的管理官，卻被調到無人知曉其存在的組織去。

警視廳的非公開組織『危機管理特務部隊』——通稱『危管隊』。

收到調動通知後，佐佐木歷經一個月的講習和三個月的基礎訓練，這才明白日本，不，這個世界建立在看不見的真相上。

社會大眾漫不經心地接受著隱瞞所帶來的和平，殊不知背後是因為有『危管隊』等世界各地的非公開組織防範未然、化解無數危機的關係。

在這個時候，他才深刻感受到自己背負的使命有多沉重。

然而，這幾個月發生的各種事件，其嚴重程度與過去自己面對過的危機相比，簡直是小巫見大巫。

透過前『危管隊』成員燈山晶的報告，可以清楚得知超能力者育成機構『綠屋』的存在。

在其背後還有個神祕的地下組織『FARM』。

以及燈山親眼目睹的強力超能力者們。

『靈魂出竅』的藤邑綾乃、使用氣功的中日混血兒伯小龍、藉精神波產生高溫火焰的『火人』火室海人，另外還有最強的心電感應、讀心術、預知能力者——當真条威。

三個多月前，這五人逃出『綠屋』，與在地一名國中生集結在一起對抗『FARM』所派出的數名超能力高手，激烈的戰火在神奈川縣的某個鄉下小鎮展開。

到底是什麼人、為了什麼目的，集合、培育超能力者？

恐怖分子、邪教、敵對國家的陰謀……各種可能性全都在幹部會議上拿出來討論過了，佐佐木卻認為全都不是。

比起『FARM』的暗中活躍，佐佐木更驚訝的是，有報告指出，那群超能力少年居住的鄉下小鎮，在方圓數十公里的區域內，『怪現象』頻生。

佐佐木想知道『怪現象』的發生所代表的意義，於是近兩個月，與重返『危管隊』的優秀女性成員燈山晶一起追蹤調查頻率日增的『怪現象』。

沒下雨的大晴天裡居然出現彩虹。

季節的氣溫變化以馬路為界，馬路對面開始楓紅，馬路這邊卻是新綠初生，形成奇特的景象。

大白天，多位路人目擊到不可思議的景色，據說是很久很久以前的日本。

另外，失蹤事件頻頻發生……

調查到一半，佐佐木與燈山發現，這似乎是某位少年驚人的能力所帶來的影響。

如果這是事實，不誇張，這個世界就將面臨重大危機。

情況已經刻不容緩了。

不得已，佐佐木只好與已經離開『危管隊』的前任上司，也就是『危管隊』的特殊任務局長『他』取得聯繫。

佐佐木的紅色保時捷留下不暢快的排氣音、通過車站大樓加速離去。

『危管隊』的高速移動專用車全部統一為紅色，方便直升機進行空中追蹤時不追丟。

『京介，還記得我離開「危管隊」時，你曾經不斷追問我原因嗎？』

『他』一面說著，一面打開副駕駛座的車窗。

夏季悶熱的空氣粗魯地侵入開著冷氣的車內。

『他』瞇起眼睛，愉快地迎著風。

佐佐木斜眼看向他：『是，我記得很清楚。』

回答完，『他』關掉冷氣開關。

『冷氣太冷嗎？』

『我不喜歡冷氣，忘了嗎？以機械力量勉強降低溫度的空氣，會讓我身體中的某部分發狂。』

『你好像說過。』

『你應該已經發現我離開「危管隊」的原因了吧？』

也不曉得『他』是否識破佐佐木企圖拖延答案而轉移話題，因此又問了一次。

『是的。』佐佐木說。

『——是為了你兒子，我沒說錯吧，馳前輩？』

馳龍馬沉默地點點頭，深深嘆了口氣。

『對。因為我知道我兒子翔，總有一天會成為「危管隊」必須除掉的對象。無論我多麼不願意，它都是無法避免的「未來」——這是某位預知少年告訴我的。』

『預知少年？當真条威嗎？』

龍馬沒有回答。

『京介，你為了什麼找我來？不對，我直問好了，你要我怎麼處置我兒子？』

『如果他開始亂來，我希望你能想辦法阻止他。如果已經阻止不了，我希望到時候你能親手……』

『京介！』

龍馬厲聲申斥。

佐佐木握著方向盤的手滲出了汗。

認識他十年多來，第一次看到他憤怒的模樣。

一股心臟被猛然抓住的壓迫感襲向佐佐木。

『前、前輩……』

他努力吐出這句話。

『……抱歉，不小心失控了。我沒準備要對你動手的。』

呼！壓迫感鬆開了。龍馬已經控制住自己的怒意。

『不……是我說得太過分了……』

佐佐木重新握好保時捷的方向盤，穿梭在車陣之間，斜眼看著龍馬。

怒氣已經消散。

副駕駛座上的白皙男子溫和的側臉，實在教人想不到他曾經是『危管隊』超能力部隊的隊長；只用五個人，便能不著痕跡地殲滅製造毒氣武器、圖謀顛覆國家的恐怖分子。

因為他能夠冷靜地控制力量，如果稍有差錯，還可能會危及政府。因此，他反而被拔擢為『危管隊』的幹部。

佐佐木再度確認『此刻』的他不是敵人之後，鬆了一口氣。

剛剛的話是故意刺激他的。

佐佐木的心中早已做好準備，如果龍馬把保護兒子這件事，看得比維持國家、世界應有的狀態還重要的話，他會直接找機會連人帶車一起撞毀。

雖然說時速兩百五十公里的自殺式死法有可能失敗。

但佐佐木想到，既然龍馬能夠照樣晚一分鐘現身，就代表他對於自己的打算也應該略知一二——只要他使用自己的其中一項超能力『千里眼』。

馳龍馬這個對手，不是簡單就能找到機會一起死的超能力者。

這個男人擁有ＩＱ二〇〇的頭腦、能看見發生在數百公里以外事情的眼力，以及將宇宙萬物當作自己手腳操控的不可思議能力。

他是日本政府唯一認可的五位超能力者之一。

如果生逢其時，他或許會被當作神來崇拜。

不過，他絕不貪婪，連擔任『危管隊』局長一職之時，也只讓家人以為他是小貿易公司的窗邊社員（註❶），生活水準也是剛好符合他的假身分而已。

佐佐木曾經去過他家一次。

當然是以『小貿易公司』的後進員工身分。

當時見過的那位有著可愛雙眼的小孩，曾幾何時，已經成了世界的威脅，真是始料未及。

通過首都高速公路的ＥＴＣ專用閘道之後，紅色的流線型車體開始加速，彷彿從後頭被踢飛出去一般。

『喂喂，別開太快。』

龍馬說著，重新繫好安全帶。

『——今天沒有緊急勤務吧？再說，首都高速公路的最高限速不是六十公里嗎？』

窗外的熱風在車裡打轉。龍馬還是一樣舒服地瞇著眼，沒打算關窗。

『不覺得熱嗎？厲害。』

佐佐木說。

『會熱嗎？那就降溫吧。』

佐佐木沒有立刻反應過來這句話是什麼意思。

『我問你，京介，兒子的事情能不能暫時先交給我處理？』

龍馬說著，臉上是為人父親的表情。

『——那孩子什麼也不知情，也絲毫沒注意到自己是「時間回轉」超能力者。等他知道自己有能力倒轉時間、讓一切重來，一定會驚慌失措，搞不好會變成繭居族喔。』

可以把『繭居族』一詞說得那麼悠哉。

佐佐木苦笑，心想：現在是平心靜氣擔心那種事情的時候嗎？

『當然，就是打算交給前輩你處理，我才會打電話聯絡你。如果早一步這麼做就好了。』

『不，我雖然早就知道情況、早就「看到」了，不過……』

『不過？』

『有条威和他在一起，我還是別隨便插手的好，因為那兩人的關係有點特殊。』

當真条威，與馳翔同為十四歲的超能力者。

根據在他們國中擔任工友的燈山晶報告，条威也是無須藥物、機械力量覺醒的『野生種』超能力者之一。

他能自由使用千里眼、讀心術等感應能力，還有命中率百分之百的預知能力。

他的能力在綁架、訓練他們的『綠屋』超能力者中也是數一數二，被稱為天才。

『當真条威與翔關係特殊？我第一次聽說。』佐佐木反問。

他們兩人相遇，我記得應該還不到半年。

『你相信前世嗎？』

問話的龍馬臉上的表情看來彷彿在說笑。

所以，佐佐木也邊笑邊回答。

『不相信。人死掉之後，就只是一堆蛋白質罷了。人生沒有前也沒有後。』

『這樣啊，那麼你就無法瞭解他們兩個人之間的關係了。』

『什麼意思？』

『他們兩個人，在幾千年前就已經認識了。』

說完，龍馬仰望窗外的天空。

『如何，京介，現在不熱了吧？』

聽到他這麼說，佐佐木這才注意到。

雲層不曉得什麼時候遮住了太陽，從車窗外吹進來的風明顯變涼了。

有世間萬物當靠山的高等超能力者——馳龍馬，知道他深不可測的『力量』沒有絲毫減損，佐佐木感覺到的寒意遠勝過風的寒冷。

註❶：不受公司重視、座位安排在窗邊等退休的中年職員。

1. 老爸，回來了

暑假即將結束的九月二日這天。

家裡每個人一大早就心神不寧。

老媽坐立不安地掃掃地，重新化了好幾次妝後，像隻高麗鼠（註❶）般在家中繞來繞去（說實話，我並不知道『高麗鼠』是什麼動物，只是聽過大人這樣用，就跟著用了）。

兩個姊姊，如果是平常的話，禮拜天下午絕不可能在家，現在卻待在客廳裡觀賞著不曉得已經看了第幾次的韓劇。

我也是。

平常這種時候，我通常都會在那群住附近的怪夥伴家裡，聽喜歡的音樂或打電動，唯獨今天，我一步也不想踏出家門。

你們猜為什麼？

啊，你們怎麼可能知道。

其實……

對了，在說明原因之前，我先稍微說一下那群『住在附近的怪夥伴』。

直到半年前為止，我在學校和家裡都不是很好過，總是很空閒；運動、學校成績都在水準之下；興趣就是半夜在房間裡偷偷做模型，然後自己一個人用模型演一場空虛的戲，沉浸在可謂妄想的『夢』裡……

這樣子的我，在約莫半年前的黃金週假期時，被捲入不可思議的事件中。

因為那椿事件，我交了許多朋友。

而且不只是平常閒聊、打電動的朋友。他們是甘冒生命危險、帶著無趣度過每個平凡日子的我一同冒險的超能力者夥伴。

稍微介紹一下。

首先是同班兼坐隔壁的藤邑綾乃。

她是左眼藍灰色的混血美少女，毋庸置疑地，也是我就讀的桔梗之丘國中人氣第一的偶像。

柔順飄逸的長直髮帶點栗色，左右眼不同顏色充滿神祕的色彩；身高大約一六〇公分，體重……不知道，但應該很輕。

說明白點，班上大半男生都暗戀她。

但綾乃並非只是長得漂亮，她還擁有不可思議的力量。

那叫做『靈魂出竅』，主要就是靈魂能夠脫離肉體、附身到他人身上，或飛去看遠處的東西。

我被捲進半年前的事件裡，就是因為她的『靈體』來我房間尋求協助，才開始一切的。

下一位是火室海人，他和我、綾乃同樣是十四歲，但看來比我們年長許多。在橫濱的危險地區『無國籍街』成長。個子高、有些不良的他是『火人』。能力是將精神波轉換為熱，簡單來說，他就是操控火焰的超能力者。

伯小龍是中日混血，年紀比我小兩歲，現在就讀桔梗之丘國中一年級。清爽美少年外貌的他，是位『氣功大師』，能夠以氣的力量將人打飛出去，相反地，也能夠治療疾病、傷害。

然後是當真条威，人稱天才超能力者。明明和我同年，卻和學校工友燈山晶傳出緋聞，果然是狠角色。

什麼緋聞？當然是兩人在交往囉！

条威的確整天泡在燈山姊的校務員室裡；兩個人並肩走在一起，看來也確實很像一對情侶。

但我很清楚他們絕不是因為這種理由在一起。

附帶說明，条威的能力是讀心術、千里眼等超能力，另外還有最重要的，也就是如假包換的『預知能力』。

別不以為然喔。

条威的預知能力並不像電視上那些可疑的預言家，命中率可是百分之百。

這可不得了。

意思就是，當他說『明天地球即將毀滅』的時候，就代表地球真的會毀滅。

但是，条威的能力並不能預知所有事，如果遇上時光倒轉等時間洪流產生大矛盾的場合，他便無法預知。

不過，待會兒要發生的事情能夠瞬間閃過他的腦海，讓他連子彈都閃得過，就足以證明他是無敵的超能力者。

因此，對於同樣從謎樣組織經營的超能力者育成機構——『綠屋』逃走的另外三人來說，条威是領袖。

以上四人是最初集結成的夥伴，經過兩次超能力者對戰之後，夥伴又增加了。

一位是飛鷹猛丸，他現在和我同班，也是我最要好的死黨，不過第一次見面時，他是非常可怕的敵人。

這位『念動力超能力者』施展念動力摧毀木造體育館，想要殺了我。

另一個是春日麻耶，她也曾經一度使出『傳心術』、認真地想殺我。但現在我們也成了朋友。

唉，總之發生了好多事，雖然我們一見面，總是互相口出惡言，不過她好像對我有些……算了，沒事。還是別會錯意的好。

我正傻笑地想著這些事情——

——你說我好像對你怎樣？——

腦中聽見了聲音。

是麻耶。說曹操，曹操就到。

她似乎又從某處偷看我的想法。真是的，傳心術超能力者真可怕。

害我沒辦法靜心思考。

——可惡！妳又來了！怎麼可以任意偷看人家的想法！——

我生氣，只是滿臉盛怒，沒罵出聲。坐在斜前方的華繪姊狐疑地盯著我。

咳咳。我清清喉嚨掩飾，盡量不形於色，在心中對麻耶說：

——沒經過我的同意就窺視我的想法，妳的喜好真差勁。這是侵犯隱私！——

麻耶笑了笑。

——哎呀，介意被窺視，代表你在想有問題的事情喔。不管了。今天有沒有空？我發現一間有好吃甜點的蛋糕店，就位在車站另一頭人煙稀少的地方。反正你一定很閒，陪我去吧——

我有點驚訝，卻故意在心中狠狠嘆息。

居然這樣子邀人？

麻耶老是這樣。我知道她本人沒有惡意，可是聽到那種語氣，沒人會開心吧？

……也沒有那麼不開心啦……

順便說一聲，麻耶在學校完全以『真翠紗耶加』的姿態示人。

不論是個性或臉蛋，全都以她拿手的『傳心術』偽造，受男孩子歡迎程度僅次於綾乃。這樣有點卑鄙吧。

不過，事實上如果認識真正的她，大家八成會倒退三步。

長相真的還滿可愛的，可是喔，可～是～人格扭曲！

——我的個性不好，真是抱歉啊！——

麻耶的怒罵聲響徹我的腦中。

她似乎有一點點受傷了。我拿這種情況最沒轍了。

——所以說，妳如果能夠坦率一點，不就更可愛了嗎？——

我連忙補充。

——是、是嗎？坦率？怎樣坦率？我不懂，教教我嘛！——

——就算要我教妳……——

怪女孩……可是話說回來，我最近好像對麻耶也有點……不行！我在說什麼蠢話！我只能對綾乃一個……

——什麼？綾乃怎麼了？——

糟糕，麻耶和綾乃水火不容。

——說啊，為什麼講到綾乃？——

——沒事。總之，抱歉，今天我沒辦法陪妳去蛋糕店，改天可以嗎？我有要緊事，不能出門。——

——……這樣啊……嘖！那就算了，下次你一定要陪我去喔！——

麻耶單方面像掛斷電話一樣，切斷了傳心術的通訊。

……她生氣了嗎？

這也沒辦法，因為今天……

糟糕，脫離主題太久了！平常老和他們混在一起、最近也過得很開心，但唯獨今天，我非得待在家裡不可的原因就是——

鏘鏘！就是……

老爸要回來了！

……

……

……什麼？你說這不是什麼大不了的原因？

呃、這個嘛，說起來可能也真的沒什麼大不了，但問題是，對我和家人來說，這是一件大事。

一個人被派到外地工作的老爸要回家了！

突然接到通知，是在一個月前。

那天起，家裡的氣氛突然開朗許多。

對馳家人來說，父親是絕對不可或缺的存在。

不是因為他會為大家做什麼特別的事。

準備三餐的當然是老媽，打掃則是老媽和鈴繪大姊的工作。

清掃浴室總是華繪二姊負責；換燈泡等則從幾年前開始就由我處理。

老爸即使週末在家，也幾乎無所事事。

頂多是看看報紙、享受老媽做的菜，或者差不多都在沙發上優閒度日。

可是，當家人之間出現一抹不愉快的空氣時，只要老爸一句建議，就會讓一切煙消雲散。

老爸果然是老爸。

即使他是個沒幹勁的平凡上班族，對我、姊姊們，當然還有老媽來說，如果老爸不在，我們就垮了，他是我們最重要的支柱。

深切感受到這點，是一年半前老爸一個人被派到九州去工作的時候。

老媽哭了，姊姊們光火，我不安到睡不著。

老爸出發那天，被拋下的一家人全都茫然無措，只記得最後以店家賣的烏龍麵打發晚餐。

從那之後，老媽和老姊們毫不客氣地拿我這唯一的男生出氣，整整一年左右，我持續過著如坐針氈的生活。

幸虧最近經歷了不少事情，讓我成長不少，才能夠巧妙地躲過家人不斷集中攻擊的火力。

我們一家子從三天前就開始心神不寧。

昨天，老媽、姊姊們，當然還有我，幾乎都沒睡。

再過半天……

再過五小時……

再過兩小時……

一小時……

四個人集合在稍嫌過大的餐桌前，坐立不安卻又難為情，所以每個人都盡量假裝平靜，不讓其他三個人發現。

叮咚！門鈴響了！

『來了！』四個人一起出聲。

彼此互看、爭先恐後地起身往玄關跑去。

『爸？是爸吧！』我說。

『老公？歡迎回家！』老媽說。

『爸！土產呢?!』兩位姊姊同時開口。

結果聽到的回答是：『宅急便。』

我們四個人一起摔倒，真的是差點摔倒。

可是下一秒，對方擅自從外面把門打開。門縫探進和我類似的圓溜大眼，為自己剛才的謊言露出惡作劇般的微笑。

『各位，我回來了。』

原本打算假裝平靜迎接的我們四人，拜老爸那無聊的搞笑所賜，讓我們一看到老爸的臉，就不自覺地一起哭了出來。

桔梗之丘國中已到了暑假尾聲。

運動場開放供社團活動使用，只到下午三點為止。

在這所毫無特色的鄉下國中裡，很少有學生會在大好天氣裡熱中從事社團活動、直到規定時間結束。

因此過了下午兩點，擔任社團顧問的老師差不多都已經離開。工友兼警衛的燈山晶一邊思考幾點要把校門關上，一邊為種植在校舍南面的草坪灑水。

『燈山姊。』有人叫她。

學校裡會這樣叫她的，大概只有兩個人。

一個是馳翔，另一個就是……

『怎麼了，条威？我正在工作喔。』

燈山故意不轉過頭去。

不曉得為什麼，這樣一對一、面對面的對話，最近總讓燈山晶感覺窘迫。

她有些害怕自己的『心情』會寫在臉上。

不，就算沒寫在臉上，對方也通曉讀心術。

在被他發現之前，要把他趕走。

『滾開，我很忙。』

『抱歉，燈山姊，可是我有話想說。』

『要說就站在那邊說。』

『好，那麼……』

『什麼事，条威？』

塑膠水管噴出的水花被風一吹，稍微沾到臉上。暮夏的太陽仍然刺眼，弄濕臉頰的水滴，一轉眼就乾了。

『燈山姊最近休假日好像經常外出，週末也幾乎不在學校？』

『是啊，工作嘛……就是之前說過的，你知道的。』

她和前任上司佐佐木京介這兩、三個月都在追查這個小鎮周邊地區頻頻發生的怪異現象。

和佐佐木之間已經得出結論了，卻不能告訴条威他們。再說，条威或許早就讀過燈山的心而注意到些蛛絲馬跡了。

『条威，我們不是約好不提那個工作的事？還有，讀我的心也違反約定，記得吧？』

『當然記得。我最近可沒讀妳的心喔……隱約有種不能讀的感覺。』

『什、什麼意思嘛！別亂說，這樣子我反而很在意！』

燈山感覺自己的臉頰開始發燙，故意將水管的水花朝上噴灑，設法讓水花噴到自己臉上。

『你要說的就是這些？沒事的話，快滾開。』
『不，我還有其他事想說……但還是算了。』
『咦？』
『……我想這是最後一次機會了，不過……』
說完，条威逃難似的離去。
『条威……』
燈山目送著他的背影，心跳不已。
她分明不會讀心術，卻感覺条威的心情流進了自己心裡。
她的心被一個年紀小自己一輪的少年吸引已經夠苦惱了，沒想到少年也同樣因為喜歡上比自己年長許多的燈山，而心煩意亂。
那種無法說出口……不對，是禁忌心情的交流，讓燈山很開心。
但她有些在意最後那句話。
——最後一次機會。——
什麼意思？

……唉，算了。

仰望夏末的天空，湛藍無垢。

快被那抹藍吸引過去的燈山，突然注意到懸掛在遼闊天邊的彩虹。

『又是彩虹……』

不是灑水所致，那道彩虹的確是掛在天上。

昨天沒下雨，今天的降雨率記得還不到一〇％。

那麼，那道彩虹果然是……

条威的話又喚醒她的不安。

最後一次機會。

為什麼他會在這暖烘烘的日子裡說出聽起來那麼不吉利的話？

原因，不久之後就會知道了。

少年們賭上性命對戰的序幕，將在數小時後揭開。

老爸回到家後的一個半小時，差不多都在對老媽、姊姊們和我訴說這些日子累積下來的各式各樣事情，真的是各~式各樣。

說到一個段落，老媽幫大家泡了五杯咖啡。

連老爸的在內，五個人的杯子一起擺在餐桌上——真的好久沒有這樣了。

調派外地的這一年當中，老爸只回來過三次，而且每次都是傍晚回來、隔天早上回去，根本沒有時間好好優閒地喝咖啡。

『真棒，還是媽媽泡的咖啡最好喝了。』老爸說。

這種台詞出自其他人嘴裡，只會覺得是奉承話，可是老爸不同，他絕對不是油嘴滑舌的人。

正因為清楚這點，老媽開心微笑，嘟嘴掩飾難為情。

『哎呀，是誰在九州泡了難喝的咖啡給你喝啊？』

老媽這副模樣，可愛得像個少女，和平常那個囉唆的老媽，簡直有天壤之別。

兩個姊姊也沒向老爸抱怨我的所作所為，愉快地喝著咖啡。

啊啊，真是世界和平啊。

往後我決定不再賴在条威他們那裡，老爸在家的週末，我也會盡量待在家裡。

嗯。

『翔……』

老爸向老媽又要了杯咖啡後，對我說：『——聽說你交了不少朋友？』

条威他們的事情，我在每週末寫給老爸的信中都會提到。

我當然沒寫他們是超能力者、我們遭到敵人追殺、我也因此捲入攸關生死的重大事件（而且這件事情到現在還沒了結）。

對大多數事情總是含笑帶過的老爸，突然聽到這種事實，八成也會嚇翻、跟著帶我去醫院吧。

『嗯，爸。』

我一邊小心注意著該說到什麼程度，一邊開口。

『——他們是住附近、同一所學校的夥伴。我信上也有寫到，大家都是無依無靠或有某些原因不能回家的孩子，但他們很快樂。啊，爸，別擔心，裡頭有人看來稍微不良，不過他的內心完全不是外表看起來那樣，他很有正義感喔。』

這是在說海人。

『——還有學業成績全學年第一的傢伙。』

就是条威。搞不好他是靠心電感應或讀心術考到滿分，不過他的頭腦真的毋庸置疑的優秀。

『——對了，有一個是小兩個年級的學弟，來自中國，多虧他的中式按摩，我最近超健康！以前我本來每兩個月就拉一次肚子或感冒的。』

小龍有時候會使用氣功幫我調整身體。之前在車站前的咖啡廳吃白酒蛤蜊義大利麵造成食物中毒時，他也立刻就治好我了，真的幸好有他在。

『——另外還有一個很漂亮的女孩子，真的，有模特兒或偶像明星那麼漂亮！』

這說的當然是綾乃。

『這小子好像在那個叫綾乃的女孩身上花了不少錢喔。蠢斃了！像你這種毫無長處的傢伙，那個女孩怎麼可能真的把你當一回事？』二姊華繪嘲笑。

我沒有反駁，反而在心裡得意竊笑。

妳真的什麼也不懂呢。

話先說在前頭，我已經不是半年前的我了。

我早就和卡通英雄一樣，歷經致命的冒險成長了。

因為妳不知道我對綾乃來說有多重要，才會說那種話。

我也不曾厚臉皮地認為綾乃愛……呃、該怎麼說……把、把我當作一位男性來喜歡。可是，我可以確定她很信賴我，這種心情，總有一天會變成『愛』吧。

『綾乃？是那個常來家裡接翔上學的女孩子？』大姊鈴繪說。

『——那孩子應該是混血兒，左眼還是右眼？一邊是藍色的，雙眼顏色不一樣……是不是混到西洋人的血統？人長得漂亮、懂事會打招呼，個性似乎也不錯。』

鈴繪大姊一如往常地冷靜分析。

『——不是還有一個女孩和翔一起鬧失蹤嗎？她也長得不錯啊。』

大姊說的是真翠紗耶加。

傳心術超能力者春日麻耶在同學們『腦子裡』捏造出的同班同學。

我和条威等人早已知道她的真面目，麻耶現在也算是我們的夥伴之一，不過因為她是以真翠紗耶加的身分轉學進來，事到如今也沒辦法說改就改。

所以，除了我們之外的同學，現在看到的麻耶都還是『真翠紗耶加』。

麻耶真正的長相和紗耶加完全相反，個性上也很犀利。

『雖然和我無關，不過，沒想到這個蠢蛋居然這麼有魅力。』

鈴繪大姊戳著我的腦袋。

『欸，交朋友是好事啊。』老爸攤開報紙說。

『——不過，翔，如果有什麼事，別忘了和我這個做爸爸的商量。就像我平常說的，我不會大驚小怪，也應該能夠拿出對你最好的解決方法。明白嗎，翔？』

說完，爸保持微笑、垂下視線看向報紙。

老爸的表情在一瞬間似乎有一絲僵硬。

我沒有放在心上，不過老爸這時候其實早就知道了吧？知道一樁與過去等級大不同的重大事件，即將降臨這個平和的鄉下小鎮。

也知道那個極度殘酷的命運，正等著我……

註❶：中國特有種老鼠，小白鼠的變種，常用於變種實驗上。

2. 目標：類別零

當真条威在夢中。

那是座巨木茂密群生的黑暗森林。

他踏著濕滑的青苔地面疾奔。

即使憑藉自身的超人感覺，他仍無法感應到必須找出的物體位在何處。

焦慮愈發加深，条威仍然繼續疾走。

偶爾響起的遠雷撼動森林樹木，不知名的鳥類留下鳴叫聲飛去。

突然，有個聲音混雜著雷聲響起。

不是出自於人類的『某個』聲音。

是不屬於這世界的呢喃詛咒。

条威敏銳的超感覺瞬間判斷出方向與距離。

還沒思考，就轉換了目的地。

他加重踢擊地面的力道，不斷加速前進。

冷不防，条威準備前往的地方閃起炫目耀眼的光芒。

青白色光輝筆直連接了天與地，光芒中央散射出眼睛看不到的粒子、形成風壓，貫穿条威的身體。

找到了！

你等等，我馬上過去。

這次絕不會讓你死。

爆炸聲，還有怒號。

波動氣旋的衝撞。

湧上全身的高漲情緒及生命的氣息。

条威感覺到了。

一切的相遇，就是為了這一刻。

吾友，我現在將要超越數千年的時間……

現實突然降臨，条威醒來。

眼前是兩坪大的正方形和室。

渾身汗水淋漓，心臟狂跳，重度疲倦讓他好一陣子無法坐起。

已經成為条威每天下午慣例的『冥想』遲遲沒有結束，藤邑綾乃很擔心，所以過來看看。

一看到条威的樣子，綾乃感覺事態不妙，臉色大變。

『怎麼了，条威？已經「看到」什麼了嗎？』

条威把已到嘴邊的『輪迴』二字吞下去，只說：『……非過去也非未來的夢。』

他站起身，一陣暈眩。

他忍下不讓綾乃發現，說：『先不說那個了。海人呢？今天早上將好像來過。

他們該不會又去「決鬥」了吧？』

『你猜對了。男生真的全是笨蛋。』

綾乃苦笑。

天宮將是瞬間移動超能力者，在『緣屋』受過能力開發訓練，能夠依自己的意思自由在空間中移動，也是前來挑戰条威他們的敵陣超能力者之一。
過去的對戰中，將曾經輸給海人，還被海人救過，這似乎嚴重傷害了他的自尊。從那之後，將大概會以一週兩次的頻率，來找海人決鬥。
要被迫當裁判的伯小龍來說的話，他們的對戰，與其說是決鬥，還比較像是超能對打訓練。
『有小龍在，應該不至於出人命。』条威說。
彷彿被他這句話引來似的，海人腳步蹣跚現身在和室門口。
『啊？条威，你這混蛋剛剛的口氣是把我們當成小鬼嗎？』
他扶著將的肩膀，不，看來也像是將扶著他。
『咦？回來啦？』
『剛回來。房間借一下。』
兩個人都傷痕累累。將全身上下都是燒傷，海人也到處是瘀青與擦傷，兩人看來不分軒輊。
將難為情地放開海人的肩膀。

『嘿，条威在擔心你會被我殺掉喔！』

『說什麼鬼話，將！照照鏡子，怎麼看都是你傷得比較嚴重吧！』

『什麼？很好！我們再打一回……』

『你們兩個給我差不多一點！』

綾乃介入兩人的爭執，不曉得從哪裡找來鹽巴，塗在兩人的傷口上。

『唔呀——！綾乃！妳、妳幹嘛？』海人問。

『痛、痛死了！水！我要沖水……』

『是我拜託綾乃姊的。』小龍寒著一張臉說。

『——鹽巴是氣功很好的媒介。因為你們今天的傷勢比較嚴重，不使用媒介無法立刻復原。會有些刺痛，請兩位稍微忍耐一點。』

聽著小龍的說明，条威一副快笑出來的表情。

小龍說的當然全是胡說八道。

他八成是想給這兩個傢伙一點教訓。

綾乃似乎也是同夥，把笑意忍在心頭。

海人拚死忍住傷口撒鹽的劇痛，躺在榻榻米上，說：『喔、喂！那就快點動手治療啊！可惡！』

將也忍痛忍到冷汗直冒，趴在榻榻米上，臉部快抽筋地說：『嘿，海人，這種小痛就哭天喊地了嗎？』

小龍對綾乃使了個眼色，微笑說：『好，開始了。你們兩個不對伯小龍老師說聲拜託嗎？』

兩個人不快的一起照做。

『好，行了。放鬆呼吸……』

並排躺下的海人與將之間隔了一段距離；小龍站在兩人中間，緩緩閉上眼睛吸氣。雙手輕輕擺在兩人身體上。

從小龍手掌釋放出的青白色光粒子，逐漸變成溫暖的橘色。

他們身上原本需要幾個月才能復原的傷口，不曉得什麼時候已經好了。

將的燒傷只剩下一些痕跡，海人身上原本還在滲血的擦傷與割傷也完全恢復。

『呼——謝了，小龍，多虧你，我感覺身體比和這傢伙對打前更好了。』

海人不正經地說完，跳起身。

將冷哼了一聲，悠悠站起，說：『喂，小龍，這個王八蛋和我，誰傷得比較重？怎麼看都是他比我嚴重，對吧？』

『欸，兩邊差不多耶。』小龍說。

『——沒想到你們兩個外表看來傷得那麼慘，其實並不嚴重。你們無意間都對彼此手下留情了吧？』

『就像小朋友打架？』綾乃說完，笑了出來。

『什麼?!少開玩笑了！』將和海人紅著臉同時開口。

該說是害羞還是生氣？

攸關生死的超能力者對戰到最後，天宮將敗給海人、身受重傷，是海人把他帶回這個眾夥伴共同生活的家裡。

接受小龍的氣功治療後，將睜開眼睛，流下悔恨的淚水，似乎表示與其欠海人人情，不如死掉算了。

而這時候邀將同住的人，正是条威。

不管怎麼說，『綠屋』已經不在了。

無依無靠的將，無處可歸。

既然如此，条威提議，乾脆讓將也加入同樣是超能力者的他們吧。

與將生死相爭的海人立刻贊成。

理由是，這種危險傢伙最好要就近監視。

事實上，条威知道海人的想法。

將與条威、海人同樣是孤兒出身，而且一路下來深受深藏在體內、未開發『力量』的鼓動所苦，因此海人真心認為將也是與自己同族的超能力夥伴。

將挑釁海人、条威等人戰鬥，也是受到『綠屋』的心靈控制所導致。

天真地相信『構築以超能力者為領導的社會』這類鬼話而戰鬥的他，總算明白自己只是一顆隨時可以被犧牲的棋子。

邀他加入，可以增加一位鼓舞人心的夥伴。

這種心情，条威與海人皆同。

『呼——真想讓我肚子餓得要命。喂，你們要不要去家庭餐廳吃點東西？』条威搭著海人與將兩人的肩膀說。

『什麼——？現在又不是吃飯時間！』海人說。

『快五點了，晚餐提早吃無所謂吧？再說你和將打來打去，應該也餓了吧？』

『笨——蛋，那種程度而已，哪會餓？』

『啊？那正好，我們吃完後再打一頓如何？』將說完，快步走出和室。

『你們饒了我吧，打傷了又要我幫忙治療嗎？下次我要開始收錢了。』

小龍一臉無奈，又有幾分打趣。

『喂，要去吃飯的話，把其他人也叫來吧？小龍，猛丸人在哪？』綾乃雀躍地說。

『啊啊，猛丸哥剛從院子飛向空中去了，應該和平常一樣，去後山練習念動力了吧？』

『什麼，這樣啊……』

『麻耶叫不叫？』

將說完，綾乃搖搖頭。

『不用叫那傢伙。她一大早就不曉得晃到哪邊去了，不用勉強找她。』

春日麻耶和綾乃從『綠屋』時期開始就超不合。

話雖如此，眾超能力者共同生活的這間房子裡，女性成員只有綾乃和麻耶兩人，所以即使會吵架，買東西還是一起去。

『那麼我靈魂出竅，去把翔叫來。』

『翔不行，綾乃。』条威說。

『──他應該說過吧？派駐外地的父親今天回家，所以他今天不出門。現在他正在和家人團聚，硬是把他找出來也不好意思。』

『家人團聚啊，真羨慕，我盼都盼不到咧。』

海人有些賭氣地說完，將手插進破牛仔褲的口袋，走出房間，跟上綾乃和小龍。

一個人留在兩坪大房間裡的条威閉上眼睛，意識來到翔的家裡。

条威的千里眼清楚看到了一切。

開心圍坐在餐桌前的翔的母親、兩位姊姊，還有……

『他』的笑容。

正在和翔說話的父親・馳龍馬細細的眼睛，雪白的牙齒。

已經幾年沒這麼近距離感覺他的存在了？

他突然注意到条威的『視線』。

——好久不見，条威。——

『他』開口。

意識的聲音和實體的聲音一樣，低沉清晰、充滿魅力的聲音。

——好久不見。——

条威也無聲回應。

——謝謝你照顧翔。——

第一次聽到馳龍馬的聲音，是在三年前。

當時条威還沒有完全自覺到自己的能力。

因此龍馬傳送過來的影像，条威一開始只當作是幻影，另一方面，當時条威正逢母親意外死亡、變成孤零零一人，他不禁懷疑自己是不是瘋了。

可是，當他夢中的『大叔』真正現身眼前之時，他才知道那些不是幻影，而是來自體內正在萌芽的不可思議力量。

當時龍馬說的話，条威到現在還清楚記得。

『有一天，我將需要你的力量。』

從此之後，条威能夠透過冥想，近身感覺龍馬的家人們。龍馬的妻子久美子、兩個女兒，還有翔……

他甚至曾經悄悄潛入翔的夢中。

翔的夢，不曉得為什麼条威感覺似曾相識。

幽深的森林、巨大的樹群，還有念著咒語的魔導士們。

他感覺自己和翔似乎很久很久以前就彼此認識。

同時也感覺到，他們注定未來將會相遇。

翔對条威來說，既是過去，也是未來。

龍馬聲稱調職而離開翔身邊後，条威不再偷窺翔一家人的生活，不對，應該說無法偷窺才對。

能力等級不是条威能及的龍馬，似乎設下了結界。根據龍馬的說法，他的用意不是想阻擋条威的千里眼，而是要阻隔可能靠近翔的危險。

不久之後，条威被『綠屋』派出的『農夫』們綁架。

對於預知能力早已覺醒的条威來說，那是已經命定的未來。

只要他想、就能夠輕易打垮『農夫』，但条威卻不費吹灰之力地落入『農夫』手中，他是為了與同樣被抓進『綠屋』的超能力者們相遇，才故意這樣做的。

『喂，条威，你在做什麼？』

海人的大聲呼喚把条威的意識拉回現實。

『……抱歉，馬上過去。』

条威盡量開朗回應，穿上上衣。

一邊往夥伴們等待的玄關走去，他一邊心想。

或許不會再有這麼和平的時候了。

他懷抱著或許某人，不，也許是全體都會從這個世界上消失的預感，拚命地擺出笑容，朝夥伴身邊走去。

那座設施，位在平凡的住宅區正中央。

這是為了培育超能力者而組織的地下團體『FARM』的新據點，名叫『花架』。

買下整棟中等規模的大樓後，耗時一個禮拜打通，裝潢成潛在超能力少年們的訓練場。簡直就像是陽台上的速成家庭菜園。

『FARM』的幹部會『未知領域委員會』，又稱『化裝舞會』，成員近半數也反對把這個半吊子設施設在住宅區裡。

可是，新任所長生島荒太斷然說出願意負一切責任，才在半推半就之下強行通過決議。

生島其實有個打算，那是他的贊助商『化裝舞會』成員也不知悉的計畫。

知道的只有生島本人，還有另外一個人。

『喲，生島所長，幹嘛呆呆看著外面？』

他不曉得幾時出現在正由大樓屋頂上眺望全鎮的生島背後。

彷彿瞬間移動一般，突然出現在眼前。

因為他擁有過於強大的力量、能夠高速飛行，因此從一般人的眼裡看來，會誤以為他有『瞬間移動力』。

百百路樹潤——擁有難以想像的『念動力』，是『野生種』超能力者。

所謂的『野生種』，是指未經訓練、能力就已經覺醒的超能力者。

聚集在『綠屋』的潛力者之中，能力和他不相上下的，只有被稱為『天才』的當真条威了。

不，事實上根本沒有人清楚百百路樹潤究竟有多少實力。

他在實驗或戰鬥場合，經常有所保留。或許該說，他只用了一小部分的能力。

老實說，生島也不清楚他在想什麼、不敢對他鬆懈。

問題是，如果少了他的幫助，計畫便無法成立。

『百百路樹，你的舉動會害我的心臟逐漸壞死。不是跟你說過，不要突然出現在我身後嗎？』

生島的忠告，百百路樹全然沒放在心上，愉快地笑著說：『哈哈哈哈，有什麼好怕的，我又沒打算吃了你。你對我來說，有存在的必要。再說，你們這群「農夫」不是硬在我腦袋裡裝了「腦髓破壞裝置」嗎？』

為了控制過強的超能力者百百路樹，的確對他的腦子動過手術，而啟動裝置的遙控器，生島也隨身攜帶。

可是，裝置現在是否仍能夠使用、未遭破壞？不得而知。

搞不好百百路樹已經用什麼方法讓裝置失靈了。

沒辦法確認，若是啟動裝置，百百路樹的大腦重要部位會遭受強力電磁波的破壞。如此一來，生島將會失去計畫的重要支柱。

唯今之計，生島只能相信百百路樹對自己的計畫感興趣、願意聽話、配合行動，否則別無他法。

『算了。事實上，我正在等你。』

『等我？』

『是的。你不是常常在這棟大樓——不，在「花架」上空盤旋飛行？所以我賭你只要看到我一個人在這裡，一定會降落靠近。』

『喔——幹嘛拐彎抹角？有話要說的話，直接叫我過來不就得了？』

『那可不行。你也知道這棟建築物到處都是「化裝舞會」成員裝設的竊聽器與攝影機。唯一沒裝的地方，就是這裡。「化裝舞會」那批人當然也清楚這點，所以特地把你叫來這裡，等於我們的對話不能讓他們聽到，反而招致他們懷疑。』

『原來如此。看來你還是有在用腦嘛！』

百百路樹再度愉快地笑了起來。

『——然後呢？你要說什麼？是那椿計畫嗎？別看我這樣，我也照著自己的方式在進行。超能力的使用方式，差不多都教過那些沒腦袋的傢伙了，我想至少有二、三十人已經達到能夠實際作戰的水準。』

『真是可靠。那麼，另一件事也得快點進行了。』

『快點？哪件事？』

『執行計畫。百百路樹，你看到彩虹了嗎？』

『彩虹？看到又如何？』

『沒下雨卻出現彩虹，你有什麼想法？』

『也許是快下雨了吧……這個和你的計畫有什麼關係？』

『或許有。如果只是彩虹還無所謂，如果已經能夠看見極光，我們就得加快腳步了。』

『……極光？你在說什麼，生島所長？』

百百路樹的不耐煩化為深黑色的負面能量，一陣風般吹向生島。

生島忍住害怕，佯裝平靜地說：『我在說「類別零」馳翔的力量。他的存在本身就能夠讓不下雨的天空出現彩虹、製造出圍繞這座小鎮的極光。到時候，這座小鎮將會落入時間的洪流中，我和你……不止，是所有人類，都能夠實現自己最想要實現的夢想，百百路樹。』

百百路樹冷笑聽完生島的話後，彷彿得到玩具的小孩般開始喧囂。

『是嗎？原來如此啊！哈哈！哈哈哈哈哈！那可有趣了！生島所長，你這個人果然有意思！哈哈哈哈哈！』

平常沉默寡言、形象陰沉的百百路樹，第一次當著生島面前由衷開心大笑。

持續大笑的怪物超能力者發出猶如惡魔嘲笑般的乾笑聲。

生島看到他的樣子，一陣戰慄，卻還是擺出堅決的態度。

『明白了嗎？百百路樹，該是你展現能力的時候了。無須選擇手段，暴力反而

更能夠威脅對方，害怕能夠迫使「類別零」行動。「時間回轉」的力量，將會實現我們的希望。』

『是啊，你說得好，生島所長。』

百百路樹一副不以為然的模樣，吞下笑意說。

『——既然什麼暴力手段都可以，打贏那傢伙也行吧？拆掉屋頂、粉碎窗玻璃，總之，把那個叫馳翔的傢伙強行抓來這裡就行了吧？太容易了。』

說完，下一秒，百百路樹已經消失蹤影，留下足以把人捲進去的旋風。

生島感覺渾身虛脫。

已經沒有退路了，就算百百路樹的存在再危險。

讓『化裝舞會』期待的愚蠢渺小企圖灰飛煙滅吧。

沒錯！反正那群老傢伙的願望，只不過是些俗不可耐的慾望的延伸罷了。

只要能培養出『類別壹』的超能力者，他們也該滿足了。

可是，我發現的『類別零』藏有更多、更棒的可能性。

沒錯！這就是『實驗』。

身為一位科學家的世紀大實驗。相對地，我能夠實現過去想過幾次，不，是幾十次、幾百次的夢想。

可以取回永遠失去的、在這世界上最重要的東西。

一瞬間，他又回想起三年半前那個惡夢般的光景。

在他眼前發生的悲劇、四散的火花，還有慘叫聲。

甩開不愉快的幻象，生島再度對自己說——

我沒有錯，一切一定會如我所想。

生島這樣告訴自己，抬頭仰望天空，湛藍清澈的天空中只掛了道彩虹。

果然沒錯，異常變化已經展開了。

生島的身體顫抖。

他想起半年前確定『類別零』的確存在時所發生的事，然後再一次堅定決心。

就算賭上自己的性命，也要讓這個計畫順利執行。

等在前方的，究竟是毀滅，或者是……

3. 扭曲的時間

當天傍晚，老爸剛結束調派外地的工作、回到家裡，馳家彷彿多了幾倍的家人似的熱鬧不已。久違的全家大團圓，爸媽心情都很好。

不只是爸媽，妹妹華繪、弟弟翔也是。現在無論說什麼大家都會開心——鈴繪認為，現在是當面告訴家人自己已經接受求婚的最好時機。

因此她一個人回到房間，打手機把男朋友神近守找出來。

『守，你有沒有在聽？』鈴繪對著手機抱怨。

『有有，在聽、在聽。小鈴，我現在還在快車上，雖然人在車廂間通道上，也不方便講電話講太大聲。』

『哎——喲！那你要幾點才到我家？』

『這個嘛……』神近看看手錶。

正好五點。

下了快車後，還要……他快速計算所需花費的時間。

『這邊起算，還要二十分鐘會到車站，接著從車站走路過去要十分鐘，加起來差不多三十分鐘……也就是，大概五點半可以到。』

『守，你真笨，算錯了，應該是五點二十五分才對吧？』

鈴繪看了一眼房中的鬧鐘，四點五十五分。

『說什麼傻話，五點半沒錯啊。幹嘛催得那麼急？』

神近的手錶是電波錶（註❶）。

身為少年課的刑事，只要約好時間，他絕對不遲到。因為前輩告訴他，曾經發生過沒遵守時間導致小孩子自殺的案例。

因此，他堅持使用接收時間電波、不會慢一分一秒的電波錶。

『跟你說五點二十五分嘛，現在是四點五十五分。』

鈴繪房間的鬧鐘，是神近送的禮物。

為了不讓鈴繪把遲到的過錯推給時鐘，神近特別送了這個鬧鐘；雖然不是電波鐘，但一個月的失誤不會超過三十秒，可以說相當精確。

『已經五點了，妳沒用我買的時鐘嗎？』

『有啊，這個是你送的鐘啊。』

『咦——？奇怪，壞了嗎？沒辦法，下次再買個新的給妳。五點半見。』

神近掛掉手機，看了看停車車站的時鐘，現在時間的確是五點剛過一些。

『……看吧，我沒說錯。小鈴一定是希望我早點到，才故意多報五分鐘。』

神近自言自語地說著，同時因為女朋友的心情而放鬆了表情。

『真拿她沒辦法，抵達車站後用跑的，應該趕得及在五點二十五分到吧。』

神近從車窗眺望女友等待的城鎮。

明明沒下雨，遠處天空卻掛了道大大的彩虹。

『爸，現在幾點？』由二樓房間回到飯廳的鈴繪問父親。

『幾點？快五點吧。』母親代替在飯廳和翔聊天的父親回答。

『——那邊不是有鐘？那麼貴的鐘，應該很準吧？』

她伸出正切著青菜的菜刀指向牆上的鐘。

『說得也是……怪了，我房裡的鐘也是同樣時間，果然是他的手錶有問題。』鈴繪瞄了一眼父親，小聲自言自語地說。

父親正和翔閒聊赴外地工作時發生的有趣可笑事情。

『他？是指神近哥嗎？』耳尖的華繪反問。

『——剛剛在和男朋友說話，這意味著……大姊，妳該不會想叫他今天晚上來我們家……』

鈴繪制止對這種事情特別敏感的華繪，對正在準備晚餐的母親耳語：『媽，今天晚餐方便多加一個人嗎？』

『可以是可以……』

母親久美子看了看和兒子兩人開懷聊天的丈夫，說：『——神近的事妳爸還不知道吧？信上也沒提過吧？』

『嗯，我覺得還是直接讓他們見見面比較好。』

『話是沒錯……不過，不曉得妳爸聽到他是刑警，會做何感想？』

『沒事的，爸一定能夠明白，一定會的。』

『會就好了……』

大概是感覺到母女兩人的視線，龍馬突然起身對翔說：『翔，要不要去洗澡？』

『呃？』翔猶豫著說：『──好、好啊，可是我已經國三了，怎麼可能還和爸媽一起洗？再說我們家的浴缸很窄……』

『不是在我們家洗，我們去附近的錢湯（註❷），就是商店街轉角處右手邊第三間，記得嗎？老爸外派前，我們家浴室壞掉，大家一起去過很多次。我們去那裡洗澡吧？』

『唔、嗯，好是好……』

『媽媽，可以吧？晚飯時我們就回來了。』

『好，去吧。』母親對鈴繪使了個眼色。

『──現在去的話，差不多六點左右就能回來了。』

她臨時想到鈴繪的男朋友神近要來家裡，女性們早已自成一國。

鈴繪心想，坐著等父親回家，神近心情上應該也會比較輕鬆。

『好主意！是吧，華繪？』

華繪也立刻明白了她的意圖，一邊推著猶豫不決的弟弟，一邊說：『男人和男人坦誠相見嗎？慢走喔！』

真的很久沒和老爸一起去錢湯了。

在錢湯的浴池裡，老爸也一直聊著外派時發生的事情，其中八成有些誇大其詞。也許那些只是大不了的事情，但老爸很擅長把事情說得有趣。還提到在交通事故現場幫忙逮捕肇事逃逸的犯人，聽起來好像在看警探連續劇。

我不停熱中地追問，所以老爸也配合我繼續說下去，離開錢湯時，已經超過六點了。

從錢湯回家的路上，必須穿過我家所在的住宅區與商店街之間空無一物的田野中央。那條路晚上看來很寂寥，之前也常被警告不要一個人走，不過我現在是和老爸一起，一點也不可怕。

『天色已經暗下來了耶，老爸，明明才剛過六點。』

我緊跟在老爸身邊走，開口說。

在他調派外地工作前，我們也經常這樣並肩同行；當時相去甚遠的身高，如今已經相差不多了。

老爸原本就矮小，再過幾年，我恐怕就會比他高大很多。

想到這裡，我不禁感到寂寞。明明平常我總是希望自己快點長高呀。

『這個季節，太陽下山的時間差不多就是在六點過後。只是因為現在還滿熱的，加上還在放暑假，所以你沒意識到已經是九月，是曆書上的秋天了。』

『哦——老爸你真清楚，果然知識淵博啊。』

『哈哈哈。因為以前我常釣魚，所以對落日或潮汐漲退等等，特別清楚。』

老爸果然厲害。

雖然說這不是什麼驚人的特技，也不能用來賺大錢，但老媽很愛老爸，而我和兩個姊姊也比世上任何人都要尊敬老爸。

以前，老爸公司的晚輩來過我們家，他曾經私下告訴我：

——你的父親，真的很厲害喔！——

這句話代表的意思，我當時還不懂，因為『真的』一詞，不是『乍見之下沒什麼，後來才發現不是那麼一回事』的感覺嗎？

可是我從來不認為老爸很遜。

因為我從小就知道，下將棋的時候，他會放水讓我贏；玩撲克牌的時候也是。他什麼都知道，即使家裡出了點小事，老爸也會從公司趕回來解決。

所以，就算他是沒沒無聞小公司的窗邊族，老爸對我來說，不，是對全家人來說，仍然是『很厲害』的人，永遠都是。

老爸一點也不介意我盯著他的側臉沉思。他緩緩抬頭看向逐漸入夜的天空。

四周全是田地，天空感覺相當遼闊。

我也跟著老爸一起仰望美麗漸層的天空。

『翔……』老爸凝望著天空，說：『——還記得嗎？小時候你老愛纏著老爸問：「宇宙的盡頭有什麼？」記得嗎？』

『咦？——有嗎？我都忘了。』

老爸為什麼突然提起這件事？

我有點在意地反問：『那老爸你怎麼回答？』

『我回答你，什麼都沒有。』

『……』

心臟急跳了一下。我突然想起來了，想起當時聽到老爸答案時、背後竄起的那股寒意。

『我當時說：「一定什麼都沒有啊！」你就哭著說討厭什麼都沒有、那樣太恐怖了云云。』

對了，過去曾經發生過這段事情。

我小時候真的認為老爸什麼都知道，所以當老爸說『宇宙的盡頭什麼都沒有』的時候，我的腦海裡立刻出現空無一物、完全黑暗的世界。

從那之後到現在，上了學、念了書、知道了許多事情，我還是不清楚『宇宙的盡頭』究竟有什麼。

不是只有我，我只是這個世界上不知道答案的其中一個人。

可是，不曉得為什麼？我感覺老爸知道答案。

『那時候，我也不知道該怎麼回應你。可是，翔，「什麼也沒有」沒什麼好怕的，因為什麼也沒有的地方，人類一定去不了。』

『是嗎？』

『當然。如果你去了「什麼也沒有」的地方，那地方就不再是「什麼也沒有」了。結果，「宇宙的盡頭什麼也沒有」這樁事實本身，不就變成錯誤與矛盾？老天爺不會允許這種矛盾，所以絕對不會有任何人能夠到達宇宙的盡頭。』

老天爺不會允許。

老爸話裡的意思，懸在我心裡。

『爸，神真的存在嗎？』我突然說出想到的疑問。

這也是大家共同的疑問——神，真的存在嗎？

雖然這世界上有不少人相信神……

『當然存在。』老爸回答：『——不過神的工作，並非只是懲罰行惡者、救贖行善者。事情孰善孰惡，全取決自人類本身的好惡。』

『哦，那麼，神做些什麼？』

『神要做的只是訂定規則、遵守規則，只是這樣而已。』

『規則？』

『沒錯。物理法則、化學變化等學校學習的科學，全都成立於神的規則底下。例如說，水在攝氏零度會結冰等等……』

話題愈來愈艱澀難懂了。一點也不像老爸，老爸的話總是簡而易懂啊！

『翔，人類所謂的「合乎科學」一詞，意思就是「遵守神所創造的規則」。』

『神到底是什麼？長什麼樣子？』

『祂沒有具體的姿態，因為祂是這個世界存在方式的創造者。神看守這個世界的構造，不使發狂、毀壞。』

『……』

『問題是，有的時候，宇宙中的某些東西就是會偏離神所決定的架構。那東西有時是星星，有時是極小的微粒，有時是生命體。』

『好難懂喔，爸。』

『不，很簡單。一旦這些破壞規則的「破戒者」出現，神就會賦予某些人殲滅的任務。』

我在想，老爸為什麼突然告訴我這麼難懂的事情？

『……呃，「賦予」不太對，應該是說讓某些人「自然感覺到」。肩負殲滅任務的人，理所當然能夠感覺到自己的使命，就像鮭魚一樣，無論距離多遠，一定會回到自己生長的河川上游產卵。』

我一開始就不瞭解，老爸為什麼突然說要一起去錢湯洗澡？

該不會就是為了告訴我這番話？

倘若真是如此，那目的是什麼？

『因此，神會安排「破戒者」與殲滅破戒者的「戰士」在彼此附近出現。這也是神創造的規則之一。試著想想，翔，那些所謂「引發奇蹟者」在歷史上數度登場，但他們之中的大多數人，也多半是被自己身邊的人奪走性命。例如耶穌基督遭到門徒猶大背叛，而被釘上十字架；凱撒大帝率領羅馬軍一次又一次贏得奇蹟式的勝利，最後卻被身邊的布魯圖殺害……』

我突然注意到，老爸在哭。

『咦？』

老爸沒有哭出聲，也沒有改變表情，只是臉頰上掛著淚。

『很不合理的規矩，對吧，翔……』

他突然停下腳步、緊抱住我。

『……爸？』

『翔……你明明什麼過錯也沒有，明明沒犯錯，卻……』

『犯錯？什麼意思？……』

我想抬頭看看老爸的臉，眼前映入已經完全暗下來的天。

『……咦？』

青白色的光之簾幕高掛天空，成拱形下垂，包圍著我所在的位置。

是極光。極光把天空分割開來。

彷彿由天空垂落的簾幕一般，隔開了這個城鎮與周圍其他地方，緩緩搖曳，幾乎遮蔽天空。

『爸、爸！看！極光！』

然而，老爸卻沒打算把我放開。

『別擔心，翔，我是你爸，無論發生什麼事情，唯獨這點不會改變。』

『……爸……』

緊擁的雙臂很溫暖。

我一面困惑著，一面微醺般舒服、放鬆了力氣。

到底發生什麼事了？老爸究竟知道些什麼？

該不會和近半年來在我身邊發生的不可解之謎有什麼關係吧？

好多疑惑想問出口，卻發不出聲音。

啊啊，不過真的好舒服喔。真想這樣繼續下去。

等我們到家，我一定要好好質問老爸。就像我小時候一樣。

一定要……

咚！爆炸聲冷不防轟然響起。

類似撞到堅硬物體的聲音。

耳朵開始耳鳴。

『音爆？』

老爸鬆開抱著我的手，抬頭看向天空。

我知道什麼是『音爆』，科幻作品中經常出現這個詞，也就是物體本身超越音速時所發出的聲音。

剛剛的爆炸聲，是音爆？

『爸……』

就在我準備開口問的剎那，周圍的田地升起爆炸般的煙塵，圍繞住我和老爸。

……等等，包圍我們的，簡直就像『那些東西』。

『這、這怎麼回事……』

煙塵後頭出現了五條人影，他們是年紀和我差不多大、或比我大一點的少年。

每個人的臉上都寫滿自信，面露冷笑看著我和老爸，然後一個個開口：

『呵呵呵……』

『哦──你就是「類別零」呀？』

『怎麼看起來不怎麼厲害的樣子？』

『根本弱不禁風！』

『沒錯、沒錯，哈哈哈哈。』

背脊發冷。是超能力者，而且是擁有荒謬絕倫能力的怪物們。

如果他們是条威等人的敵人，那麼目標一定是我了；他們一定打算拿我當人質，好抓回条威他們。

想到這裡，我連忙在心中呼喚著：条威！綾乃！大事不妙！快來救我！

最近只要我在心裡這樣呼喚，或多或少都能傳達給条威和綾乃他們。

不用說，我當然沒有他們那種『心電感應』的能力，条威說，可能是大家經常在一起，不知不覺之中，精神波的頻率同化了也說不定。

既然如此，他們應該能夠順利得知眼前這個重大危機。

拜託，条威！我這個什麼力量都沒有的平凡人，應付不來啊！

老爸也在場，居然遇到這種事……啊，對了！老爸！

『對、對不起，爸！你先別驚訝，先聽我說！那個……其實他們……』

我話還沒說完，老爸已經站到我面前護著我。

『你們是刺客吧？』

老爸的聲音比平常還低沉、還充滿魄力。

『咦？』

我搞不清楚狀況了。爸，你剛才在說什麼？

不對！更重要的是，一般人遇到眼前這情況，早就暈過去了，老爸怎麼一點驚訝或害怕都沒有……？

『喂，那老頭就是傳說中的超能力者？』

『好像是耶，可是完全沒看到能量啊。』超能力者們又說話了。

傳說中的……什麼東西？

那老頭……是說我爸嗎？

到底是什麼意思？我一句也聽不懂……

『你們以為自己那種程度的力量，能對我起多少作用？』老爸說。

臉上不再是平常溫和的表情，老爸露出陌生人般恐怖的眼神，環視了五名超能力者。

他們卻沒有任何害怕的樣子，嘴上說得更加惡毒。

『哼，跩什麼，臭老頭！看我剝下那邊的柏油地面把你包成燒賣！』

『活埋在田地的土裡比較好吧？』

『我要飛進你的腦袋，讓你見識地獄！』

『還不如把河水沸騰，倒在他們頭上。』

我發抖。他們一定能夠毫不在乎地說到做到。

這邊這些傢伙，陶醉在自己的能力中，全是一群失控的超能力者。

見過許多超能力者的我，深深明白這點。

他們都有著發狂的眼神，就像和我第一次對戰時的飛鷹猛丸一樣。

不過話說回來，老爸這副冷靜的模樣，是怎麼回事？

他們說的『傳說中的超能力者』一定是胡說八道，但是老爸為什麼一派沉著？

啊啊，我已經搞不清楚了啦！誰來告訴我！

這種時候大家都不在，真倒楣！

『喂，該動手了吧？』

『上吧——』

猖狂的超能力怪物們彷彿發現有趣的玩具，縮小包圍範圍。

『爸！快逃！這樣下去會被殺掉的！』

『別擔心，翔。』

老爸甚至還露出微笑。

『——這種程度的超能力者，即使五個人一起上，也奈何不了我。』

『我說爸，從剛剛開始你到底在說什麼？你能夠做什麼？這些傢伙不是開玩笑的，他們可是真正的、如假包換的……』

我還沒說完，敵人已經發動攻擊。

腳底下的柏油路面突然龜裂。

嗶哩嗶哩嗶哩。

聽到彷彿工地施工的聲音後，如同他們其中一人所說，路面被驚人的力量整個剝起，快把我和老爸吞沒了！

『唔哇啊啊啊啊啊！』

我慘叫著，攀在老爸身上。

就在這個時候……

老爸雙手對著天空伸展。

『大地，保護吾等。』

老爸以獨特的低沉嗓音大喊。

他的聲音迴盪在黑夜的大地與天空之間，讓人彷彿置身音樂廳之中。

被拉起的柏油塊底下噴出水來。

噴出的水流包裹住我和老爸。

是地下水。

由距離地面相當深的地方噴出的地下水，保護著我們。

銳利的水刀割斷襲擊而來的柏油路面。

與地鳴聲一起高揚的砂土接著吞下兇暴的柏油路面，把它拖進地下深處去。

大地像有生命的物體般救了我們。

我只能抓著老爸，呆然看著眼前如同電影特效般的景象。

『風啊，擊潰敵人！』

老爸再度大喊。

彷彿呼應他的呼喚，一陣突如其來的暴風穿過田地逼近過來。

五名超能力者只顧著一臉驚訝、不知所措地愣在原地。

不一會兒，他們便被突然吹來的狂風颳到半空中。

驚人的風聲和大地的聲響，讓我聽不見他們的大叫。

五名超能力怪物一下子就消失在我的視線範圍內。

我抖個不停。

怎麼會這樣？我的老爸居然是超能力者？而且水準完全不同！

過去老爸公司的人告訴我的那句話，是指這個吧？

我家老爸，真的『很厲害』！

就像他說的……不，比他說的還要厲害……

我半開心、半困惑，不曉得自己該如何表達這種情緒，我只是繼續抓著老爸。

『要不要緊，翔？』老爸開口。

『唔、嗯……還好……』

光是要回答出這幾個字，我就費了好大一番力氣。

可是老爸要站住腳步，事實上也費了好大一番力氣。

『太好了……你沒事……』

他低聲說完，便膝蓋一彎，跪了下去。

『咦？爸？怎麼了……爸……』

我伸出去準備扶他起身的手上，突然感覺到一股熱流。

看看手掌，在極光之下，掌心滴下紅黑色的液體。

……血。

『爸！』

糟、糟糕了！老爸流血了！

為什麼？到底被什麼給……

『中計了。看來那五人只是誘餌……』

老爸勉強擠出這句話。

『——快逃，翔……有個不得了的怪物靠近了，他的目標是你……』

老爸口中吐出鮮血。

『爸、爸！振、振作點！到底怎麼了？什麼東西……』

說完，我挪動老爸的身體到處尋找，終於找到類似鐵棒的東西插進肚子一帶。

我的手在顫抖，我的牙齒咯咯作響。

那支看來像鐵棒的東西，是把生鏽的刀。應該是埋在柏油路面底下很深、很深位置的遠古物品。

這一帶是昔日武士打仗的『古戰場』，我記得社會課參訪的時候學過。

可是，到底為什麼這種東西會穿出地面、刺傷老爸？

『快、快點……快逃……否則會被附身……』

老爸嘴邊流淌著鮮血，一面想要推開我的手。

『爸，別死！我不要你死……』

『別擔心，翔，這種傷我死不了。看著……』

老爸拔出刀子。

我轉開視線，以為血會噴出來。沒想到血只是流出一些，沒有我想像中多。原本由單薄襯衫外頭就能夠清楚看到的嚴重傷勢，已經開始逐漸復原。

『傷、傷口……癒合了，爸……』

『所以我不是說了，世間萬物會保護我、幫助我，這就是我的「力量」。』

老爸的血僅僅數秒便不再流，傷口也痊癒了。小龍的氣功也做不到這種地步，真的很厲害。

『爸……你是超能力者嗎？』到了現在這個地步，我才開口問。

『是的。一直瞞著你沒說，對不起。』

『已、已經……不要緊了嗎？傷……』

『沒事，只不過暫時不能動。等一下如果遭到更強的超能力者攻擊，我恐怕保護不了你，所以翔，快逃，敵人的目標是你。』

『為、為什麼？我又沒有和爸、和条威……和我朋友們一樣的能力，又不是超能力者，我只是普通國中生啊！』

『……是啊，你只是個普通的國中生。原因我雖然不知道，但是他們要抓的人是你。快逃，否則……』

老爸突然坐起身來，環視四周。

『……來了。』

『咦？什麼東西來了？』

『亡魂。沉睡在地底、用這把生鏽刀子刺殺我的惡靈們覺醒、群聚過來了。』

『惡、惡靈……？』

我也戰戰兢兢地循著老爸的視線看出去。

全身血液瞬間唰地褪去。

——喔喔喔喔……饒不了……這股恨意……將作祟直到末日降臨……直到你們的血脈斷絕為止……

無特定目標的詛咒聲響起，讓人渾身寒毛直豎。愈來愈靠近了。

來者身上都是破爛不堪的鎧甲，手上皆拿著沾染黑色血跡的深色刀子。不用看也知道這些不是活人。

他們遭到一刀劈開或擊碎的慘兮兮臉上、那水靈靈發著光的兩顆或只剩一顆的眼睛，正緊盯著我和老爸。

『快逃！翔！』老爸狠狠推我的背。

彷彿開關被打開似的，恐怖蔓延到我的全身。

『唔哇啊～～～！』

我全力大喊著跑出去，也不管自己是不是逃得了。

一隻隻腐爛的手伸出地面，想抓住我的腳。我一面踩碎、閃避它們，一面狂奔。

有個人影開始追上我、跟著我跑。

……女孩子？妳是誰？

跟著我一起跑的影子回答了我無聲的問題。

『我是一色冬子。初次見面，翔。』

『一色……冬子？』

印象中曾經聽過的名字。

對了，是綾乃提過的『緣屋』超能力者之一，能夠引發靈異現象的『靈媒』。

『那、那麼剛剛那些惡靈，都是妳？』

『……惡靈？』

冬子輕笑了一聲，說：『——它們是我的朋友，剛剛交的朋友。它們說要幫我抓住你，說要侵入你的身體、讓你乖乖就範。』

『……！』

毛骨悚然。這就是老爸剛剛說的『附身』吧？

『勸你別抵抗、乖乖讓它們附身比較好喔，否則……會被殺。』

『唔哇啊啊啊啊啊～～～！』

我加速想要甩開恐懼。

原本和我一起跑的一色冬子從我眼前消失，鎧甲武士則由兩側逼近，發光的眼睛一齊看向我。

恐懼讓我的身體逐漸沒力，奔跑的速度也跟著愈來愈慢。

我已經……不行了……

咚！又聽見一聲爆炸聲。還帶著金屬聲的餘音。

是音爆。又有人超音速飛來了。

……誰？該不會……？

我感受到溫暖的能量。

『翔，手給我！』

聽到他的話，我將手伸向空中。

無形的手接過我的手，把我拉上天空。

我的身體像隻鳥一樣在空中飛舞，俯瞰底下的遼闊田地，往高空上升。

天空中，有人影。不用看也知道那是誰。

『千鈞一髮耶，翔……』

『謝了，猛丸，幸好有你救我！』

這回是真實而溫暖的手拉住我伸出的手。

飛鷹猛丸，我的好朋友。

能夠操控駭人的念動力、劈開空中飛岩的超強超能力者。

『已經沒事了，翔。那些傢伙是「地縛靈」，被拘束在土地裡，沒辦法到這麼高的地方來。』猛丸得意洋洋地笑著說。

『可是，你為什麼在這裡？』我問。

『我剛好在空中進行念動力訓練，腦子裡突然聽到你的聲音，就飛過來看看。』

『原來如此……好險，我差點要被殺了。』

『……噓。』猛丸的表情僵硬。

『怎麼了，猛丸？』

『還有人在……這次的傢伙更難纏。』

『……！』

不用猛丸說，不是超能力者的我也能感覺到對手的『難纏』。

『哼，又是你這個「栽培種」的臭小子。』黑暗的另一頭，有人開口了。

那是曾經聽過、令人不寒而慄的低沉嗓音。

少年披著青白色的冷光，從黑暗深處突然現身。

不過是這個舉動，我和猛丸已經被風壓彈飛到十公尺外。
『滾開，麻煩死了，否則……我殺了你。』少年不耐煩地說。
『該消失的人是你。』
猛丸的臉上交織著憎惡及害怕，一步也不退縮地盯著少年。
『——絕不讓你碰翔的一根手指。消失吧，百百路樹潤！』
他是我遇過最邪惡、最強的『野生種』超能力者。
聽說還沒有人見識過他的實力，在『綠屋』也屬於等級大不相同的怪物。
百百路樹潤飄浮在空中，臉上掛著大無畏的笑容。

註❶：電波錶內置高敏感度接受器，每天自動接收標準時間電波信號，並自動校正時間和日期信息，使手錶與標準時間保持高度一致。因此，電波手錶可稱為目前世界上最為精準的手錶。
註❷：公共澡堂。

4. 百百路樹V.S猛丸

馳家餐桌前，神近守不敢碰眼前的晚餐，滿臉緊張地等著女朋友的父親回家。

『爸他們慢死了！』馳鈴繪說。

『——還說六點會回來？會不會和翔跑去哪裡散步了？氣死人了！』

『大姊的企圖太明顯了，所以搞不好爸想讓神近哥多等一下。』馳華繪說完，大口吃下晚餐。

『請用吧，神近先生。』

兩人的母親馳久美子在神近面前擺上玻璃杯，注入剛打開的罐裝啤酒。

『不好意思。那麼我先喝啤酒就好，晚餐還是等馳爸爸回來再吃吧。』

神近說完，喝下玻璃杯裡的啤酒。

他心裡有些奇怪，女朋友的父親怎麼還不回來，同時也很在意另一件事。

時鐘『失常』。

手錶的時間好奇怪，明明是絕對準時的電波錶。

如果只是單一個案，那麼有可能是手錶故障沒錯，畢竟再怎麼精確的鐘錶仍然是機械，還是有可能壞掉。

可是……

神近手錶的時間一直都正確，這點他已經對過沿途車站的時鐘確認過了。

不只是車站的時鐘。途中停經其他車站聽到報時，時間也和神近的手錶一致。

問題是，進入這個城鎮後眼睛所看到的鐘，每一個都比神近手錶上的時間慢了五分鐘。

到達這棟房子時也是，所有鐘的時間都比神近手錶的時間遲五分鐘。

不只是客廳的鐘，鈴繪房內神近送的石英鐘，也同樣比神近手錶上的時間晚了五分鐘。

這到底是怎麼回事？神近在心裡問了好幾次。

……這裡的時間，難道比自己剛剛待的地方慢五分鐘嗎？

超乎常軌的想法浮上腦袋。

『怎麼可能有這種蠢事……』神近不自覺地說出口。

『什麼蠢事……？』鈴繪說。

她似乎因為父親遲遲不回家而煩躁不已。

『不，沒什麼，和妳沒關係。』

『居然說沒關係……你因為我爸不回來在生氣吧？』

看到女朋友露出悲傷的表情，神近連忙說：

『真的不是那樣！』

『那你說啊！你剛剛一直在想事情對吧？到底在想什麼？』

『……呃，這我不能說，說出來妳只會笑我，認為我腦子燒壞了……』

神近遲疑著。他怎麼能說——這個家、這個城鎮的時間比其他地方慢五分鐘？

——未免太荒謬了！

神近說些笑話打圓場、安撫嘟嘴不滿的女朋友，然後說要抽菸，走出屋外。

事實上，他是要打手機給人在東京的哥哥。

『喂？啊，是我，守……哥嗎？』

『啊啊，現在這時間打來，怎麼了？』

神近的哥哥豐是警視廳災害防治課的成員。不出所料，忙碌的哥哥人還在辦公室裡。

『——我現在正在忙。沒什麼要事的話，後頭再說。』豐不耐煩地說。

說話速度原本就快的哥哥，因為擔任這項工作，舌頭轉動的速度更加提升了。

電話這頭能夠聽見哥哥身後其他人的怒吼聲，以及無數的電話鈴聲。

『抱歉，我立刻說完。』

『什麼事，快說。』

『我想問你現在幾點？』

『什麼？你特地打電話來就是要問這個？去看時鐘或聽報時啊！』

『不，因為……』

神近把剛剛發生的事情簡單扼要地告訴豐。

話還沒說完，豐連忙慌張地反問：『你、你現在人在哪裡……？』

『問我哪裡……』

他告訴豐在女友馳鈴繪家裡，並說了地點。

『糟了……』

豐的聲音在顫抖。

『──你現在所在的地方，就是我們課裡正在處理的緊急災害指定區！經手的不只我們，所以情報還很混亂，現在只知道事態嚴重到連自衛隊都出動了！』

『到、到底發生什麼事了，哥？』

『不清楚。總之，那座城鎮方圓數十公里處，發生異常現象。』

『異常現象？』

『好像是進入那座城鎮之後，就無法離開、前往外面的世界了。』

『無法離開……什麼意思？我們現在不是正在講電話？為什麼……』

『看來電話能通，電視應該仍然能夠播映，你在看吧？』

『嗯，沒什麼異狀啊，新聞上也沒出現你說的異常現象。』

『因為我們把消息壓下來了。這種脫離常軌的事情，我們要怎麼向大眾解釋？如果照實在新聞上播出，一定會引起民眾的驚慌。』

神近說不出話。

這個安和樂利的小城鎮正面臨這番麻煩，即使聽到豐嚴肅的聲音，此刻他仍然難以置信。

『告訴我，哥，一點消息都好，現在到底是什麼狀況？就算只有你知道的部分也行……』神近抱頭坐在玄關處、對著手機粗魯地說。

『我知道的不多，只聽說時間可能真如你說的，失常了。』

『時間？』

『沒錯。譬如你剛剛看的電視新聞，對於你們所在的地區來說，那是五分鐘後的消息。』

『什麼？』

『懂嗎？守，你此刻身處於比我晚五分鐘的時間裡。』

『怎、怎麼可能……？』

神近抬頭仰望天空。

這時，他終於注意到了，原本應該早已完全暗下來的天空，莫名明亮。

仰望遮住夜空的不可思議光簾，他說話的聲音發著抖。

『極、極光……天空出現極光……』

神近的視線被極光的美麗吸引，也同時了解到這個城鎮確實如豐所說，有神祕的怪異現象在發生。

燈山晶手裡拿著手機奔跑。

講電話的對象，是她過去隸屬的警視廳祕密組織『危管隊』的上司佐佐木京介。回到『危管隊』擔任兼職人員的她，接到佐佐木打來的電話，才知道自己居住的城鎮已經受到怪異現象影響而被孤立。

燈山立刻想到了，這是『類別零』——馳翔的力量所導致的。

近兩個月，燈山等人居住的城鎮半徑數十公里的地區，不斷有人目擊到奇異的情景。

明明沒下雨，天空卻出現漂亮的彩虹。

馬路兩邊的氣溫大不相同。

大白天，街上卻出現海市蜃樓。

普通上班族、粉領族、學生等先是無預警的失蹤，幾個小時後又在意想不到的地方出現。

前述這些與佐佐木一同調查的事件，全都是此刻這怪現象的前兆。

騎上機車想要到城鎮與外界的交界處進行調查，才要靠近邊界時，機車引擎卻停止了。

不得已，燈山只好聽從手機另一頭的佐佐木的指示，嘗試徒步離開城鎮。

『就快到達城鎮邊界了，目前還沒看到任何異狀。』燈山說。

『看清楚四周，妳真的已經抵達我所說的地點了嗎？』佐佐木說。

聲音很清楚，一如往常。

『應該沒錯……』

燈山把手機貼近臉頰，看看四周。

『——等等，不對勁。我明明照你說的朝國道東邊前進啊，為什麼變成往西？方向一百八十度逆轉了！』

『果然不出所料。』
佐佐木嘆了口氣。
『——妳的確是往東邊走沒錯。根據我手邊的衛星定位系統來看，妳的行動也同樣晚了五分鐘。照理說只要直走，應該能夠走出那個城鎮，妳卻不曉得什麼時候走向相反方向、往怪現象的中心點前進了。』
『這個城鎮變成「閉鎖空間」了嗎？……出口變成入口……空間像沒有表裡之分的梅比斯環（註❶）一樣翻轉了嗎？』
『也只有這麼想了。所有的一切都只能以想像去解釋。城鎮恐怕會因為時間的延遲，產生時空相位偏移。』
『是「時間回轉」造成的嗎？』
『恐怕是。』佐佐木在電話另一頭嘆息說：『——根據當真条威的說法，擁有「時間回轉」能力的馳翔一陷入絕對性的危機之中，他的壓力就會引起周圍的時間倒流，讓失敗重新再來過。』
『沒錯。条威是預知能力者，他百分之百準確的預言曾經因為翔的能力而失準，所以能夠確定。』

燈山說謊。

条威一開始就知道翔的能力，兩人在半年前認識，不過条威的確在更早之前就知道翔，而且清楚翔的能力。

可是，燈山對於這部分沒有提到太多，繼續說：『翔為了拯救遭到「綠屋」派出的超強超能力者殺害的少女，而讓時間倒轉。之前或許也用過好幾次。每次一使用，他周圍的時間就會倒轉，而比其他地方慢。』

『實在是難以置信，但也只能這樣解釋了。倒轉時間的確會造成各種矛盾。』

『也就是所謂「時間悖論（Time Paradox）」。』

燈山想起条威的事。

身為預知能力者的条威，也經常背負時間倒轉的危險而活著。

他所知道的未來、應該存在的未來，搞不好會因為時間倒轉而悲劇收場。

『嗯。像現在，我在和五分鐘前的妳說話，這情況本身就很危險，可能發生無法彌補的矛盾。』

這話是什麼意思，燈山清楚得很。

如果燈山因為五分鐘後的佐佐木，而避開喪生的危機，該死的人沒有死，『時間悖論』就成立了。

然而，翔倒轉時間完成的事情，又會如何？

拯救超能力少女春日麻耶，不矛盾嗎？

……不，這不算矛盾，因為她的確已經死過一次。

死了之後又重來一次，算不上是改變了『死』的未來。

這部分或許是時空存在方式底下勉強允許的情況。

問題是……現在這個城鎮正在發生時空偏移，很可能因為無數次的時間倒轉，由五分鐘的差距變成十分鐘，甚至有可能偏離一個小時。

這個城鎮的人們將能夠自由透過電視或電話知道未來。

如此一來，當決定性的『矛盾』發生，『神』將不會再准許該矛盾繼續破壞規矩。

『光用想的，就覺得恐怖。』佐佐木說。

口氣聽來淡然，事實上，他正在壓抑強烈的震撼。

『——造成「時間悖論」危險的時間扭曲，會變成時空的壓力，導致空間龜裂、相位偏移……現實中應該會出現更複雜的現象，不過簡單來說大致是這樣。』

『時間扭曲無法恢復嗎？』

燈山預設好絕望的答案後問道。

不料，佐佐木的答案卻出乎她的意料。

『不，極有可能恢復。』

『咦？真的嗎？』

『是的。事實上仔細調查之後發現，馳翔在和超能力者認識、對戰之前，很可能也使用過一次「時間回轉」能力。』

『什麼？真的嗎，佐佐木先生？』

『三年半前，妳住的城鎮發生過一起公車意外事故，記得嗎？』

『司機疲勞駕駛，結果公車失控，和大卡車迎面對撞，對吧？我記得當時獲救的只有幾個小孩，聽說有幾十個人死於這場意外。這樁意外又和現在有什麼關係？』

『翔似乎搭過那班公車。』

『你說什麼？』

『他搭上了公車，突然想起忘記東西，於是在出事現場的前一站下車。他的名字當時被寫在意外死亡名單中，還來不及修改就登到報紙上了。』

『該、該不會是……』

『對，或許他原本就已經因為那場意外身亡，但是在臨死前，時間回轉的能力覺醒，因此時間倒流，讓他提早一站下車，奇蹟似的避免了死亡車禍。』

『這種事……』

燈山想起，曾聽翔提過那場意外。

撿回一條命的自己，似乎在那次意外中，把一生的好運都用盡了——翔一邊笑著，一邊又有些認真地擔心著。

『可是，等等，難道從那時候開始，這個城鎮的時間就比外頭慢？』

『不，就是這點奇怪。如果是那樣，應該會有人注意到不自然之處，並且打算利用時間的偏離造成「矛盾」。』

『也就是說，難道……』

『沒錯，時空會自動修正。只是稍微延遲或偏離，還是能夠讓帳面吻合、讓偏移恢復。然而這次卻掩飾不了，因為他短時間內讓時間倒轉了太多次。』

『既然這樣，只要翔別繼續使用超能力，總有一天這種異常狀況也會……』

『自動復原。可是相反地，有人會乘機衝著他來。如果他遭遇危險而全盤否定「現在」的話……』

『將會發生無法挽回的事。』

『就是那樣。』

燈山心中不斷出現恐怖的想像。

『總之，千萬不能大意。根據各項情報，建立「綠屋」的地下結社「FARM」，大約成立在公車意外發生後半年時，看來他們的最終目標，毫無疑問的就是「類別零」馳翔。』

佐佐木的說法，讓燈山感覺幾分不對勁。

怎麼會這麼突然又輕易的就認定公車意外和超能力者的存在有關？

『佐佐木先生……你該不會知道些什麼……』

正當她不客氣地提出湧上心頭的疑問，手機突然有插撥。

条威打來告知最糟情況發生了。

簡直可以說是『空戰』。

我借用猛丸的力量，猛丸和百百路樹則使用各自的力量停在空中互相瞪視。

百百路樹驚人的念動力，開始壓制住猛丸。

無法想像的超能力者對戰，乍看之下，好像什麼事也沒發生。

可是我能感覺到，強大的精神波撼動著大氣。

夜晚不飛行的鳥類，也從腳下廣闊的雜樹林裡齊聲鳴叫，宛若逃離森林火災似的群起飛去。

『加油，猛丸！』

光是這句加油，就花了我一番力氣。我躲在猛丸身後觀看這場教人寒毛直豎的超能力者對戰。

『別擔心，翔。我才不會輸給這種傢伙。為了贏他，我好幾個月來每天都拚命鍛鍊喔。』

猛丸嘴上這麼說，額頭上卻冒出斗大的汗水。

無聲的戰役，與上次兩人對戰時相同。

猛丸以反相位方式，利用自己的能量迎擊擁有怪物般念動力的百百路樹所發出的精神波，造成力量抵銷。這是我後來聽猛丸說的。

雖然聽不太懂，印象中理化課好像學過——同時由喇叭發出兩個音波時，長波峰和短波峰相碰撞後會互相抵銷，因此聽不見聲音。

聽說這是高等技術。

可是，兩力毫不留情地相撞後，百百路樹的能量卻沒有太多消耗。

證據就是他臉上輕鬆的表情。

而猛丸為了讓我飛在空中，耗費了不少能量。

怎麼想都是猛丸比較不利。

雙方的力量勢均力敵，如果一方瞬間失去力氣，讓另一方力量坐大，究竟會發生什麼事？
光是想像就讓我背脊發涼。
可惡，到底該怎麼辦才好？
我拚命思考有沒有什麼我能做的。
過去我也和超能力者對峙過幾次，每次總是靠著無聊的虛張聲勢與好運氣度過危機，這些招式對於眼前的超能力怪物，恐怕沒用。
再這樣下去，我們兩個一定會被殺掉。
……可是，為什麼目標是我？
對吧？他們的目標是我。
但，為什麼？
我做過什麼嗎？我只是一介平凡的國三生，不像眼前這兩個人是超能力者。
連我爸也是超能力者。我已經搞不清……等等，我爸是超能力者的話，身為兒子的我繼承他的血統，所以我也可能是超能力者吧？
話雖如此，可是我沒有自覺。那個百百路樹叫我『類別零』……

我該不會真的是……？真的是超能力者？

那麼，我的超能力是什麼？

如果我擁有什麼特殊的力量，為什麼眼前面臨這麼大的危機了，卻派不上用場，只能躲在猛丸身後袖手旁觀？

啊啊，神吶！如果我真的有什麼力量的話，這種時候應該……

『喂，類別零。』百百路樹對我說。

他泰然自若、雙手插著口袋，飄浮在距離地面二、三十公尺的地方。

『——你是不是該有所動作啊？再這樣下去，你朋友，這個栽培種，會被我殺掉喔？』

『翔，別聽他說！他在挑釁！』猛丸說。

他額頭上的汗水流過臉頰，由下巴滴落。

『——条威交代不能讓你使用超能力。即使處境困難，也絕對不能用，否則會演變成不可收拾的後果……』

猛丸的聲音在顫抖。

這樣下去，猛丸會被殺。都怪我。要讓我飛在空中，成了他的負擔。百百路樹的力量開始逐漸佔上風了。

兩力的均衡狀態如果被打破，猛丸一定會一口氣就……

『猛丸！放我下去！這樣子你的負擔才能減輕，才不會輸給那傢伙！』

『不、不能放啊……你看看下面……』

『咦？』

聽到猛丸的話，我看向地面，瞬間冷汗直冒，比猛丸還嚴重。

地面被蟲般蠕動的異形掩埋，有數以千計遭受詛咒的怪物，正虎視眈眈地等待我降落，準備將我吃乾抹淨，連骨頭都不剩。

『那、那是什麼～～～！』

我一喊叫，猛丸便以顫抖的聲音說：

『一、一色冬子的傑作……那個靈媒女喚醒這塊曾是戰場的土地底下受到詛咒的鎧甲武士們，讓他們具體化！』

『一色……是那個女生？』

『可惡！那個臭女人到底從哪裡操縱這些亡者？讓我找到，非把妳教訓一頓不可！』猛丸說。

問題是，現在不是做這種事的時候了，猛丸自己也清楚，眼前有一個擁有更可怕力量的正牌超能力怪物。

再這麼繼續下去，我們兩個人都會被殺。

我把心一橫，說：『放我下去，猛丸！』

『跟你說不行……』

『沒關係，把我放在那群亡魂中間！』

『我怎麼可能這麼做！你會被吃掉啊！』

『沒問題，底下看來雖然是那樣，但亡魂其實並不存在，對吧？所以……』

『你太天真了！亡魂的確沒有實際的形體，但冬子那傢伙會使用惡靈的力量，引發「靈動」，讓沒有形體的靈魂也能夠移動鎧甲、揮動生鏽的刀子。』

我想起老爸被插出地面的刀子刺中的情景。

對喔，底下那群東西並非只是幻覺。

下去的話，真的會被殺掉。
可是……
『就算如此也沒關係，放我下去！』
我抱著猛丸的背。
『——否則我們兩個都會被殺。與其這樣，不如把我放到惡靈之中，我再想辦法逃跑。』
『我怎麼可能那樣做？翔，我這條命是你救的，我怎麼可能對你見死不救？當時我就發誓，將來有一天我要為你捨命！』
我很感動。猛丸的心意讓我快要落淚。
『翔，我一定會救你，因為你是我第一個交到的朋友……我們是死黨！』
我感覺到被百百路樹壓制住的猛丸體內湧起了新的力量。
『哼，很拚命嘛，栽培種小鬼。』
悠哉開始從百百路樹的臉上消失。
看來猛丸的力量開始反擊了，雖然兩邊的力量還沒辦法回到均等狀態。

百百路樹壓倒性的念動力似乎有所保留。

他不再迸出一開始襲擊我們那樣過人的壓迫感。

『猛丸！厲害！再稍微把他的力量推回去一些，我們就可以趁隙逃跑了！』

對，沒必要和這種怪物糾纏到最後。

逃離現場，去找条威他們幫忙……

『不行，翔。』猛丸說。

『——沒辦法從這傢伙身上找到空隙。我們一想逃，他馬上會以噴射機的速度追上來，到時候一定會被他打垮。我們能做的只有在這裡僵持到哪邊先倒下為止！』

猛丸用盡全力，全身顫抖，緊握的拳頭滲出血來，他將所有的力量都灌注在念動力上。

耳鳴聲相當驚人，空氣彷彿凍結般包裹住全身，讓人感覺好像身處在濃稠的液體之中。

『唔喔喔喔喔喔喔喔！』猛丸吶喊。

一瞬間，平衡破壞，猛丸的力量凌駕百百路樹。

『嘖……』

百百路樹飛向更高的天空。

雙方的力量失衡，念動力能量炸開。

真的是『炸開』，空氣爆炸了。

不僅如此，連原本存在現場的所有東西也一齊移動，形成暴風般的衝擊。

咚！爆炸聲慢了幾秒才衝擊到我的身體。

念動力似乎比聲音快一步。

我被捲入氣旋之中，像被丟進洗衣機一樣翻轉個不停。

『唔哇啊～～～～！』

明明在大叫，我卻聽不見自己的叫聲。

將近三十公尺下方的石頭、砂礫和塵土捲起，襲向我們三人。

一半是猛丸的力量造成的，而另一半則是百百路樹。

無形的強大力量對撞反彈後相互推擠，氣流形成漩渦把所有東西往上捲，翻攪、切割著我們的身體。

身上處處是風颾出的血淋淋傷口。

耳鳴加上頭痛，腦袋快要爆炸了。

猛丸的力量已經比初見面時增強數十……不，是數百倍。

百百路樹的能量也比以前更強大了。

力與力，精神力與精神力。

兩個超能力怪物的力量，已經快要超越人類的極限。

對，這兩人已經到達神或惡魔的境界。

接下來，我也要被捲入這種戰爭嗎？

不僅如此，我還擁有和他們一樣恐怖的力量。

……我才不要！別把我算在內！

我是……我只要當個平凡人就好！

『我頂住了，百百路樹～～～～！』

狂風大作的精神波那頭，傳來猛丸的大吼。

百百路樹的身體彷彿被無形之手拉住，停在半空中。

猛丸的力量略勝一籌。

『贏了！哈哈哈，我贏百百路樹了！』

猛丸的表情一瞬間浮現殘酷。

有殺氣。我感應到了，大喊：『別這樣！猛丸！別殺人！』

『說什麼傻話，如果放過那個怪物，下次被殺的可是我們啊！非置他於死地……』

『置我於死地？真是大言不慚啊！』

百百路樹冷冷一笑。

『——你還沒搞清楚嗎？果然是靠藥物和機械覺醒的低等超能力者。』

『你說什麼？』

猛丸的眼中湧現殺意。

『住手，猛丸！』

『殺了你，百百路樹潤！』

『哼，會死的人是你，栽培種小鬼。』

說完，百百路樹的身體湧起前所未見的巨大能量波，彷彿惡魔散發著青白色火焰。百百路樹露出寒冰般的微笑。

『你們兩個看看上面。』

『什麼？』

猛丸照他所說仰望天空，我也跟著猛丸的視線。

一道紅色光束直貫天與地，瞬間把猛丸吸入。

大地發抖似的震動。

藉著猛丸的念動力停留空中的我，身體被往上吹的熱氣捲上十公尺處。

慘了！

就在這時候，我的身體再度停住。

可是，抓住我的念動力很明顯不是猛丸的能量。

我彷彿被寒冰包裹住。

錯不了，這是百百路樹的力量。

難道、難道猛丸被那道紅色光束給……

剛剛的衝擊是什麼？

『人造衛星。』百百路樹忍住笑意說。

『什麼？人造衛星？你是說用火箭打上太空的那個？』

我問，不明白他的意思……剛剛的光束是人造衛星？

『混帳，難道還有別的嗎？我把它從衛星軌道上拉過來砸爛猛丸那傢伙。』

『什……』

不、不敢相信……他居然拿人造衛星來攻擊？

『怎、怎麼會有這種事……』

我現在才感覺到眼前這位和我同年的少年，他陰沉的眼裡隱藏了無可限量的力量。猛丸的對手，是超乎我、也遠超過猛丸想像的怪物。

現在才注意到這點，似乎有些太晚了。還是逃走要緊！

『哼哼，你以為猛丸壓制住我了嗎？那你可就大錯特錯，類別零小子。我啊，有一半力量在用來移動衛星軌道上的人造衛星、讓它穿過大氣層，然後把猛丸那傢伙……那個沒用的栽培種超能力者壓扁。哈哈、哈哈哈哈哈！』

我不知道該回應什麼，怎麼樣也不認為剛剛眼前發生的事情是真的。搞不好我失去最好的朋友飛鷹猛丸了，卻連悲傷也感受不到。

這一切的一切，一定不是現實！

是做夢，全部都是最糟糕、受到詛咒的惡夢。

就是這樣沒錯！否則怎麼可能發生這麼荒謬的事情？

怎麼可能以念動力落下人造衛星……怎麼可能……

全身麻痺，意識就快遠離。

如果……如果這一切不是夢，我一定會當場被殺掉。

如果真變成這樣，也只有放棄了。

被帶來惡夢的怪物纏上，我的未來當然只剩絕望了。

想到這裡，我渾身虛脫，開始緩緩下降。

如果現在百百路樹把支撐我身體的念動力網撤除，我就會當場摔死。就算沒死成，也會成為地面上蠢動惡靈的餌食。

為什麼……為什麼會這樣……？

猛丸……你還好嗎？

該不會真的為了保護我，丟了性命吧？

悲傷終於湧上心頭。

還沒時間細細品味那股難過，我的身體像斷了線般開始墜落。

『呵呵，怎樣？看看你會直接在地上摔個頭破血流，或是被可怕的死人們吃掉。不想這樣，就用你的力量逃離危機啊，類別零……』

這傢伙怎麼還在說？

我只是普通的人類呀！

所以猛丸才會被殺，而我也快要……

就在這時候。

某人的手碰到我的身體，幾乎在同一時間，我已經移動到數百公尺遠的大楠樹根處。

『幸好沒事，馳翔……』

救我的是天宮將。他使出瞬間移動，一秒間就把我從百百路樹的面前救出。

『喔，翔。我和這個笨蛋來幫你了！』

海人也在。

聽到夥伴的聲音，我搖搖晃晃癱坐。

『將……海人……謝、謝謝……謝謝……』

然而，獲救的喜悅立刻被湧上心頭的悲傷取代。因為，猛丸當著我的面、被化成火球的人造衛星吞沒了。

『……不、不行，我們必須回去。猛、猛丸……他為了救我很拚命……結果被那個百百路樹給……』

海人拍了下驚慌失措的我，說：『笨蛋，猛丸也不是軟腳蝦，怎麼可能簡簡單單就被擺平？完全無傷是不太可能啦，不過他絕對還活著。那傢伙怎麼可能那麼輕易就死掉？』

『可、可是……』

『更重要的是，条威交代不可以讓你使用超能力。』

『超能力……猛丸也說過同樣的話。可是，我的能力到底是什麼？類別零的能力究竟是……』

將對海人使了個眼色，海人搖頭。

『不行，我們不能告訴你。』

『這件事以後再說。總而言之，我們先離開這裡。』將說。

『——現在雖然距離百百路樹相當遠，但他的精神波目前處於巔峰，再這樣下去，我們遲早會被找到。可是我的瞬間移動力又沒辦法離開那傢伙支配的區域。』

『咦？沒辦法瞬間移動嗎？』

『沒辦法脫離那傢伙張開的、半徑五百公尺的「超能力者結界」。』

『不管怎樣先站起來吧，翔。我們必須從這裡用跑的！』

說完，海人拉住我無力的手臂，把我拉起來。

『等等，海人！』

將阻止海人。

『——這方法不好，我們已經被不得了的怪物包圍了喔？』

『什麼？能夠圍住就圍看看啊！正合我意，那種半吊子的超能力者，我一分鐘就能擺平！』

『可惡，王八蛋，你沒搞懂啊！』

『你說什麼？將你這傢伙……』

『你們兩個住手！現在不是自己人起內鬨的時候了！』

我介入兩人中間把他們隔開。

『——的確有股很糟糕的空氣……該不會是剛剛的……』

剛剛在腳下看到的惡夢景象甦醒了。

難、難道這股壓迫胸口的氣息是……

——嗚嗚嗚、喔喔喔……讓你們體會看看……下輩子也要纏著你們——

彷彿地底響起的詛咒，從四面八方傳來。

空氣增加了濃度，溫濕的風輕拂過臉頰。

腐敗雞蛋的惡臭味。

連草木都為之枯萎的負面能量。

灑落的月光底下浮現無數人影，那些都不是活人。

腐爛殆盡的臉上攀滿了蛆，空洞的眼窩裡爬出蜈蚣與毒蛇。

可是，那些不是亡魂，他們穿著生鏽的鎧甲、手裡拿著刀或槍，全部都不是幻覺，而是道道地地的『實體』。

『靈動』——這就是猛丸說過的現象。

一色冬子恐怖的靈媒能力作祟，將深埋地底、抱憾而亡的遺骸喚醒。這支受迫隊伍一定充滿強烈的憎恨、惡意與咒怨。

註❶：或稱莫比烏斯帶（Möbius strip或者Möbius band），為十九世界發現的拓樸學結構，如果某人站在巨大的梅比斯環上朝所看到的路前進，他將永遠不會停下來。

5. 守護類別零

『条威！』

燈山晶騎著重型機車來到寂靜的國中校園。

嘈雜的滅音器轟轟作響，她也沒放在心上。

附近沒有民宅。

這所國中也沒有職員值班制度，警衛工作就是身為工友的她擔任。

著眼於這裡既寬廣、稍微吵鬧也不會太引人注目等原因，因此条威他們晚上集會的地點，常常就是燈山過夜用的校務員室。

『燈山姊，這邊！』

燈山聽見条威的聲音。

条威、小龍和綾乃三人坐在校舍入口處的階梯上等著燈山。

『——幸好妳還在鎮上，如果剛好有事出遠門，大概再也回不來了。』

『你已經知道鎮上是怎麼回事吧？』

『是的，大致上知道。』

由於不斷進行時間倒轉，造成某地區的時間慢了五分鐘。也因為這個緣故，時空產生偏移，城鎮被孤立。

看來条威早已掌握這項事實。

目前在場的有伯小龍和綾乃兩人。火室海人、天宮將、飛鷹猛丸和春日麻耶都不在。

小龍正在和某人講手機。

綾乃閉上眼睛冥想中，不過很有可能是靈魂出竅去找翔了。

『翔的情況如何？沒事吧？』燈山問条威。

『嗯，姑且沒事……』

回答的是小龍。

『——剛剛海人打電話來。他說翔遭受百百路樹攻擊，千鈞一髮之際，將以瞬間移動救下他。可是，對手是那個怪物超能力者，恐怕還不能放心……』

『既然這樣，現在就別在這裡拖拖拉拉！快點去救人啊！你們還在幹嘛？』燈山焦急地怒吼道。

『請冷靜下來，燈山姊。』

条威從身後按住她的肩膀。

『——翔現在所在的位置，是百百路樹那個荒謬怪物支配的區域，他張開「超能力結界」，就算我們有力量，也進不去裡面，甚至無法靠近，就像有道透明牆壁擋住一樣。』

『怎、怎麼這樣……』

燈山想起剛剛的奇妙經驗。

原本是直直往前走，不曉得什麼時候卻U型迴轉了。

非人類的超能力者們所製造出的現象，已經超越常識能夠理解的範圍。

『不過，將與海人瞬間移動，在結界閉鎖前一起飛進去了，所以現在只能交給他們。』

『綾乃也進去支配區了吧？』

綾乃閉著眼、低著頭，事實上，她的意識早已飛到遠處去。

『是的。「靈魂出竅」能夠侵入「超能力者結界」。』

『誰負責和綾乃聯絡？要怎麼做？靈魂出竅的話，不可能用手機吧……』

『我負責和她聯絡，別擔心。』

從校舍昏暗的樓梯口傳出聲音。

是一身黑衣打扮的春日麻耶。

『——雖然我一點也不想使用傳心術和綾乃通話，可是翔現在有難，沒辦法。那傢伙真是愛找麻煩……』

麻耶這麼說著，卻又一臉擔心咬著大拇指的指甲。

燈山心想，她似乎很喜歡翔。

一定是翔拚命救她的模樣，讓她喜歡上他。

雖然現在不是思考這種事情的時候，但懷抱這股心情的麻耶，力量值得期待。她的傳心術也和猛丸、海人、將等人一樣，比以前提高了數百倍。他們大家同心協力的話，一定能夠找出她這個普通人類想不到的方法，救出翔。

總而言之，現在只能跟隨這些超能力者的打算了。

可惜事情已經發展到不具特殊能力的燈山無法幫上忙的地步。

應該要預防事情演變至如此的。

……可是，那就必須……

她想起上司佐佐木京介經常掛在嘴上的話。

——類別零或許會毀掉這個世界。不能讓他活下來。馳翔少年的能力，違反規則。——

不能讓他活下來？

你想怎麼做？想殺掉翔嗎？

『危管隊』是這種團隊嗎？是為了消滅無辜國中生、也不曉得他會引發什麼，就要以含糊的理由讓他從世界上消失嗎？

這樣的話，『危管隊』就不是我想待的地方！

面對激烈反駁的燈山，佐佐木憂傷地告誡。

——妳太溫柔了。我喜歡妳的溫柔，『危管隊』也需要妳的溫柔，可是這次事態嚴重，希望妳能瞭解——

不合理的事情我怎麼可能瞭解?!

佐佐木是充滿使命感的優秀『危管隊』幹部。

我很清楚，可是他太冷漠、太冷酷了。

燈山無法忍受他懷抱使命的熱情後頭的那抹冰冷。

因此，當他還是上司的時期，他們曾經是心靈相通的戀人，但自從燈山離開『危管隊』後，便開始保持距離。

現在的燈山又被另一位『異性』強烈吸引。

當真条威這位『異性』。

她當然沒打算表露自己的心意，也不能那麼做。

『燈山姊。』

条威出聲叫了焦慮不安的燈山。

『——別擔心，我們一定會救出翔。對我來說，這是上輩子就背負的使命，所以……』

『上輩子？』

『是的。或許妳不相信，我和翔，從很久很久以前就被命運的枷鎖綁在一起了。我也是直到最近才發覺這點……』

『我相信啊，因為是你說的。』

燈山說完，用力點頭。

『——所以，全部說出來吧，条威。有什麼我能夠做的？這城鎮已經被一道外界看不見的牆壁包圍，變成「閉鎖空間」了，對吧？像我這種普通人，如果有什麼能夠做的，請儘管說！』

『有一件事情妳能夠幫忙，不對，應該說只有妳能夠辦到，所以我才會找妳過來。』条威說。

『只有我能夠辦到的事？』

『是的。我現在已經能看到某個「未來」。翔……不，這個世界能不能實現那個「未來」，全看妳了。』

『未來全看我……那個未來，不是令人絕望的吧？是我和你們都能夠接受的結果吧？』

『是的……沒錯……所以我希望妳待在這裡，無論發生什麼事都別離開。等翔回來時，請抱住他告訴他……』

『告訴他什麼？』

条威突然緊摟住燈山，在她耳邊輕聲呢喃。

『……咦？只要說這樣？』

『是的，麻煩妳了，燈山姊。』

条威依依不捨地拉住燈山的手，十指交握。

『——綾乃的身體會留在這裡，請妳幫忙守著。』

『我明白了，這種事我辦得到。』

『……好了，走吧，小龍。麻耶也一起來。翔在等我們。』

小龍不發一語地跟在条威後頭，麻耶也跟上。

『条威，綾乃有消息了，她說找到百百路樹的超能力結界縫隙。只開了一個入口。』

麻耶說完，走在最前頭。

『好，走吧。』

三人正準備走出校門時……

『等等，条威！』

燈山叫住那個背影。她注意到自己提高了聲調，說：

『——你是不是知道，或許回不來了？』

幾個小時前，在那片藍天底下，条威說的話，在燈山腦海中盤旋。

他知道將要面對回不來的戰爭，所以來找我、打算對我說些什麼。

——最後的機會。——

我卻冷漠地拒絕了他。

滿心後悔。

燈山壓抑著自己，恐怕一鬆懈就會上前緊抱住那個背影，一邊說：『不可以！你們打算做什麼？条威，你到底看到什麼樣的未……』

『不用擔心。』

条威在燈山說完前，斬釘截鐵地說完，溫柔微笑。

『——用不著擔心。我、小龍、綾乃，當然還有翔和其他人，大家一定會回來的。』

再問下去也不會有結果。

自己又不是超能力者，就算和他們一起去，也只是絆手絆腳而已。

而且，燈山可以確定命運強行將他們帶到這裡來的原因，與条威知道的『未來』有關。

『……說得也是。我不用擔心，反正你們又不是普通人。』

燈山想勉強擠出笑容，卻感覺到臉頰濕濕的，在她自己沒發覺時，眼淚已經流了下來。

她強忍住湧上心頭的眷戀。

『討厭……風、太強了，沙子跑進眼睛裡……』燈山笑著說。

『是啊……我們走了，燈山姊。』

『……嗯。我在這裡等你們回來。』

燈山對著三個年輕的『戰士』背影揮手，一邊恨著自己只能等待。

三人的背影踏入黑暗之中。

就在走約一百公尺的時候，三人猶如幻影般消失了。

沉重的空氣支配著森林，幾乎感覺不到風，也不見鳥類等小動物蠢動。

有時什麼前兆也沒有，樹卻開始呻吟，彷彿由腹部深處發出的地鳴聲打破寂靜。

對於這種非自然現象，生島荒太感覺到說不出的害怕。

這個空間——以森林為中心、半徑五百公尺範圍內的半球形『世界』，完全被某位超能力者以不合常理的力量支配。

其中包括不少民宅，可是幾乎感覺不到裡面有住人。

如果他們在房子裡，不曉得是生是死。

不到數小時時間，百百路樹潤的超能力有了爆炸性的發展，搞不好他擁有什麼不為人知的力量，能夠讓居住附近的人類和動物停止活動。

『喲，生島所長，怎麼看到我就露出一副不開心的表情？』

百百路樹無聲地降落在森林樹叢間。
冷笑走近的模樣，看來像是隨處可見的普通少年。
平常的他也是這樣，容易讓人忽略他的存在。
根本教人想不到他擁有碎石裂地、讓人造衛星墜落的超強念動力。他放鬆肩膀、很自然地站在生島面前。
『你別說我可怕喔，你不是帶著能夠摧毀我腦袋的遙控器？而且，你是我老闆。好了，接下來要做什麼，生島荒太所長？』
面對百百路樹親切的搭話，生島無法馬上回應。他滿心不安地想到——我該不會為了自己無法實現的夢想，喚醒了不合常理的怪物吧？
『……其他人怎麼了？』總算能夠說出一句話。
其他栽培種雖然也是怪物，但與其和百百路樹獨處，他寧可和其他人在一起。
至少，生島還能以『藥物』控制他們。
那些藥物是用來開發能力的刺激劑。
一旦覺醒之後，他們的力量會因為類別零的影響愈來愈強，照理說用不著這種

藥才對。所以簡單來說，這種藥會讓人上癮。

擔心不吃藥、能力就會消失，因此這些栽培種姑且願意聽從生島的指示。

『百百路樹，我問你借你的超能力者們到哪裡去了？』

『啊啊，你是指那些栽培種啊？』

百百路樹笑得很開心，乾脆地說：『——一開始攻擊馳父子時，他們三、兩下就被擺平了。那個老頭很厲害嘛。』

『被馳龍馬……擺平了嗎……？』

果然——這是生島的真心話。

馳龍馬，據生島所知，他是『綠屋』開始活動前，國內最強的超能力者。

只要他的能力沒有衰退，那些只知道用蠻力、不懂善用能力的栽培種，根本不是他的對手。

『不過，基本上還算有點用處，多虧那些蠢蛋製造了機會……』

『讓我可以給他一擊。』

突然傳來一陣陰沉的聲音，生島喘不上氣。

來者是一色冬子。她擁有『綠屋』研究者也百思不得其解的靈媒能力。

甚至，有不少研究者否定承認她的超能力，因為這樣子就等於承認了靈魂的存在。雖然她的確是將地底下的死者拖出地面、隨心所欲讓他們行動。

『那一帶正好是古戰場，我有不少朋友睡在那裡，藉由他們幫忙，我再出其不意的……懂吧？不管他的恢復力多麼驚人，受到那麼重的傷，應該動不了了吧。』

一色冬子的表情沒有變化，繼續淡然地說。

她為什麼會聽從我的命令？——生島到現在仍舊不了解。她不需要藥物，只是順從地聽生島的命令。

只要生島一稱讚，她偶爾會露出少女般的笑容。

和其他的潛力者一樣，她也是被雙親捨棄的孤兒。

生島在想，或許她把將自己撿回『綠屋』的我，當作父親吧。

『生島所長，我很努力吧？比百百路樹有用多了吧？』

冬子槓上百百路樹。

就連怪物超能力者也拿冬子沒辦法，只覺得能隨心所欲操控惡靈的她不正常。

『哼，隨便妳怎麼說。』

百百路樹不爽地把臉轉過一邊去。

『——快點把「工作」做完吧，類別零現在人和火室海人、天宮將在一起。先把那兩人殺掉如何？』

『我已經拜託「朋友」去處理了。』冬子牽動嘴角微笑。

朋友，就是被喚醒的死者們。

『妳少管閒事。不過，那兩個傢伙也不好處理，沒那麼容易就被妳派去的屍體撂倒。』百百路樹不快地瞪著冬子。

『兩位不用擔心，我已經找來後援了。』

生島一說完，九條人影打破森林的靜默現身。

『呵呵呵，你就是百百路樹潤？』

『一副了不起的樣子，果然和傳言一樣。』

『那邊那個是一色？唔哇，好陰沉。哈哈哈哈。』

突然現身的九名超能力者七嘴八舌說完，發出孩子般的笑聲。

『生島所長，我們可以對敵方超能力者出手吧？』其中一人高聲說。

『儘管動手。』生島說。

『那個類別零也可以？』

『隨你們高興怎麼做就怎……』

『喔——！』

沒等生島說完，聲音尖高的領頭超能力者立刻發出刺耳的叫喊聲。

『——太好了，看來應該會很有趣。走吧，各位——哈哈哈哈！』

九人的身影同時消失在黑暗之中。

『喔？』

百百路樹似乎有些意外。

『——那群傢伙不是普通的超能力者吧？不是各自擁有不同力量、將之昇華到極致的類型。』

『說得對，百百路樹。他們每個人都有擅長與不擅長的技能，但從念動力、瞬間移動力、心電感應等一般能力全部都會使用。不同於你們這種特別型的超能力者，他們是透過能力開發藥、機器訓練而誕生的新型超能力者。』

『哼，意思是，破壞力比我們強嗎？』

『那你也接受機器訓練或用藥吧？這樣一來原本素質就很高的你，搞不好會引出新的能力……』

『不需要！』

百百路樹難得表現不悅。

『——我要走了，生島所長。那群垃圾不可能擺平海人和將，更別說条威了。最後一定落得復仇不成反被殺。』

他看了生島與冬子一眼之後，也跟著消失在森林的黑暗中。

鬱鬱蒼蒼的森林中一處空地，高高聳立的楠樹樹根處，海人、將，還有我被追到這裡來。

散發惡臭的惡靈包圍住我們，一點一點貼近。

我害怕到眼睛甚至閉不起來，但另外兩個人的表情看來還很悠哉。

『你沒嚇到發抖吧，海人？』

將說完，海人冷哼一聲。

『混蛋，你在說誰啊？我的造火能力對付這種傢伙最有效了！你搞不清楚狀況耶……』

海人將左手插在口袋裡，右手緩緩高舉起。

他的身體被太陽似的光芒包圍，周圍的溫度也開始急速上升，產生的上升氣流吹動頭髮。

在眼前的，不是平常那個稍微有點不良、卻溫柔不正經的海人。

輕鬆的笑容表現出他對自己潛在爆發力的自信。

橫濱眾所皆知的灰色地帶『無國籍街』、那裡的不良少年們的偶像——火室海人。

下一秒，我知道這位『火人』已經比之前成長了數倍、數百倍。

『你們兩個閉上眼睛！既然對手是死人，我就毫不保留使出全力了！』

勝負就在那一秒。

連爆炸聲都沒聽到，我和將也沒感受到任何熱風，只透過眼瞼感覺到太陽般的光芒閃耀。

『可以了，睜開眼睛吧。』

聽到海人這麼說，我們慢慢睜開眼睛，戰戰兢兢地看向四周。

眼前恐怖的敵人已經一個也不剩，只留下幾千度高溫瞬間燃燒過、將一切燒得一乾二淨的痕跡。

樹木燒焦、草地燒成灰，連土都焦黑冒煙。

鎧甲全部熔化，武士手上握的刀也軟綿綿地彎曲了。

『海、海人，這是怎麼回事？』

我忍不住大叫。

『——很明顯剛剛有驚人的火焰熊熊燒過，卻一點也不覺得熱。將也是吧？』

『對啊，這麼說來的確是，不過我大概明白是什麼原理了。簡單來說，熱是對著「內側」，對吧？』將說。

『內側？什麼意思？』

『也就是說，火不是朝著那些死者的身體表面燒，而是向著體內燒。』海人得意洋洋地說。

聽到他的說明，我多少懂了。

與偶爾聽說的人體自燃意外同理。明明是能夠瞬間把人燒得焦黑的熱度，靠近的東西卻幾乎不會燃燒。

海人剛剛的方式就類似這種情況。

厲害！

剛剛的海人，或許能夠和百百路樹相抗衡。

『現在可不是得意的時候唷，海人。』

將突然擺好陣式，說：『——有新手逼近，我感覺到了，是很厲害的超能力者，人數嘛……』

——將，有九人。——

從空中傳來聲音。三人同時抬頭，綾乃正飄浮在空中。

那當然不是實體，是靈魂。

她像天使一樣張開雙臂、飄浮在夜空中。

——強力的栽培種超能力者過來了，快逃。——

『要飛囉，翔，抓住我！』

抓住將伸出的手，一轉眼，我已經來到數十公尺高的天空。這是瞬間移動能力連續使用的成果。

海人也飛了起來……咦？可是，他是怎麼辦到的？

『嘿，嚇到了吧，翔。我一口氣加熱空氣、利用連續膨脹飛起來。我的力量根據不同的使用方法，也能夠做出與念動力相同的效果。』

『好厲害！海人！』

『等一下再驚訝，現在先逃走要緊……』

——敵人來了！——

聽到綾乃的『聲音』轉過頭時，正好看見人影以火箭般的速度接近。

『嘖！看我踢飛他們！』

海人藉著熱膨脹浮上空中，迎向逼近的敵人。

咚！震盪空氣的衝擊聲。

熱氣爆炸，化為高熱氣團，將靠近的敵人踢飛。

『很好，趁現在把翔弄出這裡，將！綾乃！你們兩個把翔送到超能力者結界的出口……』

話還沒說完。

突然，捲起了一陣龍捲風，把海人吞沒。

『唔哇啊～～～～！』

海人的身體猛烈旋轉，被龍捲風捲出視線消失。

『海人——！』

這是超能力者的攻擊。

以念動力操控風嗎？

繼猛丸之後，海人也……

我不要這樣！

『誰來救救海人！將！綾乃！』

——海人沒事！他不是會這樣就死掉的三腳貓。將，快點先把翔……——

『我知道！』

將抱著驚慌失措的我，再度嘗試瞬間移動。

『看我們能到哪裡算哪裡！藤邑！幫忙指路！』

——交給我。不快點的話，等一下連百百路樹都出現，就……——

『抱歉讓你們失望，已經太遲了。』

沒有抑揚頓挫的語調。

是熟悉的聲音——百百路樹。

me Quee
OTTLE kee
hopping in
y recaus and
ng ago it's kin
CASHIS us do
ecouse O'z MAI
iken na futari
persons pr
etter enoth
long long a
woomen ge

6. 對戰結果

燈山晶呆然佇立在校舍入口。

想像著一到明天，學生們又會帶著笑容打招呼、跑上這座樓梯。

這城鎮產生時空偏移而被孤立，但居民們會繼續生活，暫時不會注意到這點。

然而，安穩的日子不會那麼長久。

總會有人終於發現時間的遲滯、知道無法離開這個鎮，然後開始有人跑去超市採購糧食，有人慌亂……

不對，搞不好時空偏移會先一步毀了這個空間。

這樣一來，別說這座城鎮，這個世界會變成怎樣，實在難以想像。

最糟糕的情況，有可能時間與空間扭曲失常，或者毀壞得一塌糊塗。

這樣悲慘的結局，正由一群十四歲少年承擔。

燈山心想。

如果『神』真的存在，為什麼要給予這群少年這樣子的試煉？

条威所看到的，是眾人已經通過試煉後的『未來』嗎？

燈山身邊是靈魂出竅的藤邑綾乃，她以熟睡的姿態坐著。

她的靈體——也就是靈魂，仍在超能力少年的激戰之中。

如果她的靈魂在對戰中受傷，她的身體會如何？

或者反言之，倘若這個身體損毀，靈魂將何去何從？

答案也許想破頭也想不到，可是燈山忍不住要去想。

正當她感覺頭昏、在階梯上坐下時，手機響起。

『——我是燈山。』

『是我，佐佐木京介。』

『知道，這種時候會打電話給我的，只有你了。』

『這樣啊。超能力少年們全都出去迎戰了嗎？』

『是的。』

『看來世界的命運掌握在他們手中了。』

『真是這樣嗎？』

『什麼意思？』

『現在發生的事情，是誰的想法、誰的主張？』

『我不懂妳在說什麼。』

『佐佐木先生，事實上你明明知道！』

『知道什麼？』

『知道誰創造「綠屋」、培育超能力者、知道誰是地下組織「FARM」的中心人物！』

『……隱約知道而已，只是現在我不能告訴妳。』

『我也沒打算問！』

『那就好……話說回來，現在幾點了？』

燈山看看手錶，回答：『正好晚上九點。你那邊呢？』

『九點二十分。還不到三小時，我和妳所在的時空又多了十五分鐘的差距。』

『我的手錶是九點，但手機聽到你所在時空的報時聲，已經有二十分鐘的差距。一切到底會……』

『所以我才說可怕呀，燈山小姐。傳到妳手機的報時聲，是未來的時刻資訊。資訊能夠直接傳達到妳那邊，而且我們還能很普通的交談，也就是說，妳能夠自由取得來自未來的情報。』

這道理我懂。

誰都能夠透過錄音、錄影聽到過去的聲音、看到過去的影像。

不過，更早之前的人們連這點都做不到。『過去』能夠忠實呈現眼前，是最近幾年的事。

但是，我們絕對無法知道『未來』。

一旦知道，有可能改變『現在』。知道『未來』後，去修正『現在』，『未來』又會再度改變。

這種違反規則——也就是『矛盾』，時空不允許。如果『神』真的存在，為了修正此一矛盾，一定會有所作為。

『我很清楚你擔心的是什麼，可是，現在應該還來得及，才差二十分鐘罷了。

如果能想辦法結束這場戰爭，時空一定能夠恢復原狀……』

『就算恢復了，只要馳翔還存在，時空就經常會有崩壞的危險。就算這次平安無事了，也不能就這樣放任他不管。』

『我知道……你說的我知道啊……』

燈山還在考慮。

她在思考条威要她轉告翔的話，是什麼意思。

答案似乎就在裡面。

『……對了，佐佐木先生，「FARM」的動向如何？在鎮上和翔他們對戰的，絕對是「FARM」派出的超能力者。如果是這樣，計畫引發這場戰役的也是……』

『這一點有些詭異。』

『咦？』

『如果創造「FARM」的人是我所想的那號人物，那麼妳鎮上發生的戰爭，就完全和他的打算矛盾了。』

『什麼意思？』

『我認為，「FARM」從某個時期開始，就已經偏離創立者的原意了。可能是背後的經費贊助者有人為了私利私欲，而想利用超能力者吧。但那名創立者是個頭腦相當好的人物，他一定早就算到出資者總有一天會為了個人欲望而濫用組織。』

燈山掩飾不住對佐佐木想法的驚訝。

這些事情她是第一次聽他提起。

『全都算到了，所以那號人物以「惡」必須存在的想法為基礎，創立「FARM」和「綠屋」，最終目的應該是為了阻止這場時空危機。』

燈山感覺毛骨悚然。

被稱作『危管隊智庫』的佐佐木京介，到底掌握了多少實情？

如果他早已全部知情，或許把我趕出『危管隊』也是他的安排？

過去，燈山對於自己被介紹到這個小鎮上當工友，曾經抱持懷疑、認為絕非偶然。這項懷疑沒有繼續擴大，但如今總算獲得證實——果然沒錯，燈山是被佐佐木送來這裡的！

送到這個總有一天會發生時空危機的鄉下小鎮！

燈山沒來由地火大。

『你開什麼玩笑！』

她忍不住對著手機大吼。

『──你把我當作什麼了？你早就什麼都知道了吧，佐佐木先生？什麼都知道，所以利用我，我沒說錯吧？』

『……』

佐佐木沒有回答。

『說話呀！喂！幕後黑手到底是誰？那個「FARM」的創立者究竟打算對我和条威他們做什麼？』

佐佐木稍微沉默後開口：『妳有知道答案的勇氣嗎，晶？』

『……』

燈山屏息，仍舊乾脆地說：『──當然有，快說，我不會後悔。在滿是超能力者的鎮上爆發這場難以想像的戰爭，不管我知不知道答案，都一樣沒有介入的餘地，既然如此，我選擇知道。』

『……我明白了，我就告訴妳。根據我的推論，地下組織「FARM」背後的原始創立者，就是……』

聲光交織。還有爆炸。

我人在狂風大作的超能力能量之中。

敵方超能力者連續不斷的攻擊，將都不費勁地閃躲開了。

我們兩人在靈魂出竅的綾乃指引下，確實地緩緩往目的地逼近。

可是，將的瞬間移動如果有一秒遲疑，我們鐵定成為怪物超能力者百百路樹的犧牲品。

火箭般飛來的九名超能力者有些驚訝。他們的實力與一開始襲擊我和老爸的那些傢伙不相上下。

只曉得使用蠻力攻擊，所以將的能力足以輕鬆應付。

問題是，百百路樹不同。

捲走海人的龍捲風，恐怕也是百百路樹的念動力所生成。

他利用功夫還未到家的栽培種超能力者製造機會，乘機打倒我們。

這麼說來，老爸也是因此受害……

爸！

對了，不曉得老爸現在怎樣了？

嚴重的傷口轉瞬間便自動癒合，可是在那之後，一個人被留下的老爸去了哪裡？情況如何？

一定平安無事吧？平安的話，一定會注意到我面臨的危機。

——翔，再一下下，再一下下就能夠脫離百百路樹的超能力者結界，到時候……——

『到時候怎樣，綾乃？』

——到時候，先去學校一趟。燈山姊在那邊等你。——

『燈山姊？』

——沒錯，条威要我告訴你，去找燈山姊。我也不曉得是什麼用意。——

燈山姊在等我，在學校，等我回去。

為什麼只是這樣子而已，我感覺得到一股勇氣。
在學校交不到朋友而寂寞的我，多虧燈山姊主動接近。
她讓我炫耀我的模型，她誇獎我做的模型。
告訴我很棒，讓我產生自信，她是溫柔的人。
說話雖然像個男人，事實上卻很有女人味。
發生這麼大的騷動，明明是我的錯，燈山姊卻願意等我。
『將，放開我！』我鼓起勇氣說。
『——帶著我打仗，你只能一路防守。我和綾乃兩人會想辦法脫離超能力者結界！』
『可、可是，条威交代，為了不讓你使用超能力，我絕不能讓你遭遇危險……』
『我說可以就可以！』
我甩開將的手開始奔跑。
——翔！——

綾乃的靈魂輕飄飄飛在空中追著我。

『笨蛋，你在做……』

將也準備瞬間移動，但九名超能力者驚人的攻擊卻阻擋了他。

『你在看哪邊啊啊啊！』

『受死吧，天宮～～～！』

張著極光的無雲天空對著將落下大雷。

爆炸聲與飛塵。

『將～～～！』

我擔心消失身影的將而轉身。

綾乃說：

——不行，不能回頭！將一定沒事，你要相信他的能力！——

『唔、嗯……』

——快跑，翔！——

快被衝擊波彈飛的我跑了起來，朝向綾乃告知的方向。

——快點！跑快點！——

『妳這麼說我也跑不快啊，我又不像妳……』

九名超能力者之中有兩、三人追著我來。

穿過動物行走的小路，我朝山裡奔跑。

要躲避飛來的超能力者，只能跑進森林了。

可是，厲害的超能力者們毫不留情地推倒森林樹木。

不曉得為什麼，我沒被倒下的樹木壓死，得以繼續逃跑。

我真的相當好狗運。

這麼說來，那時候也是。

三年半前，我還是小學生的時候，遇上了公車意外。

老媽哭著跑到出事現場，擔心我也在車上。但是我已經提前一站下車了。

真的非常幸運。

早先和將、麻耶、猛丸對打時也是。

特別是沒被崩塌的木造體育館瓦礫壓死時，我還在想，真是萬分之一的偶然啊……偶然？真的是偶然嗎？

過去發生的事情，如果不是偶然呢？

如果和我……這個被稱為『類別零』的超能力有什麼關係呢？

——翔！危險！——

抓準了我發呆的時候。

倒下的樹木擦過我身體，強大的衝擊力讓我摔撞到濕濕的地面。

——翔，沒事吧？——

『還、還好……』

我正準備起身時，卻呆住了。

因為，四周被之前那些鎧甲武士的惡靈們給包圍了。

『這些傢伙又來了……』

怎麼殺也殺不完。翔馬上想到，現在不是不耐煩的時候。

現在這裡只剩我和綾乃。

而且，綾乃的身體在其他地方，在這裡的只是靈體——簡單說就是靈魂。

我一個人要怎麼應付成群騷動的武士屍體？

可是綾乃一定也很害怕，所以我必須堅強點！

『啊，綾乃，別、別擔心，我，我是類別零啊……雖然我不知道自己能夠做什麼……』

——不行，翔。不可以使用你的超能力。——

『為什麼？綾乃，告訴我，如果我真的有超能力，這種困境對我來說應該沒什麼大不了的，不是嗎？』

——沒錯，沒什麼大不了，可是你的能力……——

綾乃不再說。

我們也沒辦法再悠哉下去了。武士屍體們揮舞著生鏽的刀，低聲唸著恐怖的咒語靠近過來。

——喔喔喔……以死贖罪……這股怨恨……延續到子子孫孫……——

屍臭飄散，冷空氣開始籠罩。

『不、不行了！』

我已經忍耐到極限了。

——不可以，翔！——

綾乃大叫。

就是這個時候……

橘色的溫暖能量像毛毯一樣輕柔包圍著我。

那股彷彿曬過太陽留下的暖意輕柔擴大、復原著森林。

發散冰冷死亡能量的死者們被吸入光芒中，停下腳步，緩緩而安穩地放鬆全身、變得七零八落的回歸塵土。

『真是好險。』

我已經知道橘色能量的主人是誰。

小龍溫暖的手擺上我的肩膀。我搖搖晃晃地癱坐在地上。

『小龍……謝謝……我真的以為要被殺掉了……』

『還不能鬆懈唷，翔哥。』

『……啊！』

對了，鎧甲武士雖然消失，但其他超能力者仍然還在。

『呵呵呵，你以為得救了嗎？』

『未免太天真了！』

『哎呀？又多出一個野生種？你是伯小龍？』

『療傷系不擅長傷害、破壞吧？』

『還有靈魂出竅的藤邑，不過妳什麼也不能做，對吧。所以實際上是二對九。

呵呵呵……』

頭上傳來聲音。

九名超能力者從超能力弄倒壓爛的樹木間現身。

……九人？

等等？這樣子的話，將呢？

該、該不會是……被這些傢伙給殺了……？

『你們幾個，下來啊。』

小龍擺好陣式，可是對手太多人了，不曉得該集中攻擊哪一個才好。

——翔，要不要緊？千萬不要絕望，你的絕望會造成危險。——

『就算妳這麼說……』

『上面准許我們隨意動手喔。』聲音尖高的領頭少年說。

『我們一起把周遭所有樹木弄倒、壓死你們吧？如果這樣還能活下來，就算你們命大。哈哈哈哈，動手吧，各位！預、備——……』

『很會說嘛。』

突然傳來低沉的聲音。

與少年尖銳的聲音不同，那是聽來很舒服的悅耳嗓音。

『你、你是什麼東西！』

尖銳的聲音變得更加刺耳。

下一秒卻突然沉默，人掉落地面。

遭受意想不到的攻擊，超能力者們嚇得亂了隊伍。

穿梭樹林間的人影把敵人一一擊垮。

比誰都厲害、哪管念動力還是瞬間移動，這些暴力型的力量完全制伏不了他，天才超能力者——當真条威一眨眼就擺平敵人。

『怎麼又癱在地上？真是難看死了！』

春日麻耶也在，嘴巴還是一樣壞。不過，真高興在這時候看到她。

九名超能力者一轉眼少了三人。

『可、可惡……是条威！』

看來他們知道条威。當然，因為他在『綠屋』的等級不同嘛。

『哼哼，你們該不會不認識我春日麻耶吧？』

自尊心強的麻耶露出殘忍的笑容，閉上眼睛。

要釋放最大能量的傳心術時，她總是這個姿態。

『喂，麻耶，別太過火喔！』

不先提醒她，麻耶火大時會直接殺了對方。

『咿、咿！』

『不好！快逃……』

從麻耶小小身體釋放出的精神波，抓住飛上天空準備逃走的三名超能力者。

『唔……！』

不成調的慘叫完，他們統統翻白眼、全身僵硬。

他們腦中應該出現了驚人的影像吧？

立刻就能夠想像他們看到了些什麼。

他們三人全身被燙腫，八成正在體驗滾水澆身。

我想起麻耶說過——腦子怎麼想，身體就會怎麼反應。

雖然說醒來後會發現一切只是幻象，可是受到的傷害卻不小。看到別人那樣，我自己也一陣寒顫。

麻耶平常只是很普通的任性國中女生，好一陣子沒看到她顯露超能力者的那一面了，現在再一次親眼目睹，還是覺得『傳心術』果然厲害。

多虧条威與麻耶的活躍，九名超能力者一眨眼就全數殲滅。

『啊哈哈哈，這些傢伙不怎麼樣嘛！』麻耶大笑。

may a
egg in
mikey lo
turn table for gits add fo
account import man then pu
such a
time ago peried flo
car de
wer COA in
make
the said
long tim

『——「綠屋」好像已經不見了，這些傢伙一定常常蹺掉訓練課程。海人和將怎麼了？還有猛丸呢？沒可能被這種三流貨色幹掉了吧？』

『我不知道。』我說。

『——大家都有那麼強大的力量，我也希望沒事。我光是聽大家的話逃跑，就費盡全力……』

小龍安慰垂頭喪氣的我。

『沒辦法，大家一心只希望翔哥能夠平安逃脫。別擔心，不管發生什麼事情，我們都能體諒。』

我有些後悔。雖然他們不在意，可是我拋下夥伴逃走。

老爸常說，這是最不該做的事情。

說必須重視夥伴和朋友、只要能夠做到這點，人生就會順利——這話幾乎成了老爸的口頭禪。

爸……爸，你現在怎麼樣了？

從叫我快逃之後，你就沒再出現在我眼前。

你明明傷得那麼厲害，我明明很想幫你。

……爸，你平安嗎？

『翔……別擔心，你爸沒事。』条威說。

『你預知到了？還是用千里眼看到了？』我反問。

『都是。翔，你爸還活著，我很清楚，不過……』

条威的表情突然變得陰鬱。

『不過？』

『……不，沒什麼。再過不久，一切都會往好的方向發展了，所以別擔心。沒錯，一定會……』

条威說到一半，抬頭仰望天空。

從樹叢間看到的天空，仍舊閃耀著詭譎的妖氣。

伴隨那股妖氣，我突然注意到什麼東西閃了一下。

『不好！大家快逃！』条威大叫。

然而，已經太遲。

閃光、衝擊波，最後是轟然大作。
三樣一齊襲向我們。
是百百路樹。那傢伙又丟什麼東西下來攻擊我們了！
我們四處竄逃。
可是，攻擊並非只有一次，火柱像雨一樣落個不停。
是隕石嗎？百百路樹居然連這種東西都能丟下來？
那傢伙已經不是人類了，他是正牌怪物。
『哈哈哈哈，你們死一死吧！我要讓你們當場粉身碎骨！』
某處傳來百百路樹失控發狂的笑聲。
『翔哥！用跑的！停下腳步就會被打到！』
對我這麼說的小龍，自己根本沒辦法分心照顧我。落在他身邊的隕石炸開，把他炸飛。他趴倒在地上。
『小龍——！』
我不禁大叫要跑近。就算我過去也幫不了什麼忙，可是腳自己就動了起來。

『笨蛋！翔！』

麻耶正要拉住我，卻被彈射出的隕石碎片打中。

『呀啊！』

『麻、麻耶！』

我扶起她，手上被濃稠的鮮血沾濕。

『麻耶，要不要緊？振作一點……』

『我、恐怕已經、不行了……』

『別說傻話！沒那回事！妳是超能力者啊！怎麼可能因為這種小傷就死掉！』

『超能力者……也會死啊……咳咳。其實，我之前已經死過一次了……』

『咦？什、什麼意思？』

『……不能讓你知道……所以一直沒說……可是……那時候要不是你……我早就……』

『麻耶，夠了，別再說話！我馬上找小龍來把妳治好……』

『呵呵……沒用的，小龍也已經……』

『咦？』

我看看小龍，他仍舊趴在地上動也不動。

難、難道說……死了……？

『……謝謝你，和你相處的時間……雖然短暫……不過還不賴……咳咳……你這個人真是……溫柔……所以……』

麻耶說到這裡，在我懷裡垂下頭。

『……喂，騙人的吧？不要這樣……我不要……』

當我這樣想的瞬間，周圍的景色開始扭曲變形。

不行！我想辦法控制住自己的情緒。

這該不會就是条威他們所說的——我的能力？

類別零的危險能力。

如果是這樣，命運是多麼殘酷啊！

朋友……不，有一點喜歡的女孩子在自己懷中逐漸冰冷，我卻不能悲傷也不能悔恨。

『翔，你在做什麼？快逃！』

如果像老爸所說，這世界上真的有神的話，我想求他。

這力量我不要，只要麻耶回來……

──翔！──

『翔！』

綾乃與条威同時大喊。

我驀然仰望天空。

夜空中全是光點。

彷彿一顆顆孤單發亮的星星。

下一秒，星星變成巨大的火球。

正在旺盛燃燒的隕石從我正上方落下。

生島荒太和一色冬子人在森林角落的小泉邊。

寂靜無聲。

距離幾百公尺遠的地方，正在進行難以想像的戰爭。然而，那裡的聲音與閃光，沒有傳到這裡。

百百路樹潤將超能力者結界縮小至半徑數十公尺，把馳翔和當真条威關在其中。沒有任何東西能夠從裡面出來，聲音不行，光不行，當然人類也不行。

把戰場約束在自己的領域內，才能夠確保勝利。

生島開始自責自己的無能為力。

他終究無法阻止百百路樹繼續亂來。

亂來？不對吧，百百路樹不過是忠實執行我的指示罷了。

落下人造衛星、降下隕石，只不過是執行的手段。

他確實按照我希望的進行。

明明如此，我為什麼會這麼不安呢？

我錯了嗎？希望再見到這世上最愛的人一面，不對嗎？

『生島所長，你在想什麼？』

生島坐在倒下的巨木樹幹上、悶悶不樂地自問自答。一色冬子不曉得什麼時候也在他的旁邊坐下。

『我什麼也沒在想，一色。』

生島這樣回答，冬子仍是不相信的表情。

『後悔了嗎，生島所長？你要我們去攻擊類別零……馳翔，讓他使出超能力逆轉時間，不斷反覆逆轉……我不是很懂，但聽說那樣子做，我和百百路樹，還有你的願望就能夠實現——聽說是這樣，所以我才聽從你的命令。如果你感到後悔，我們會無所適從。』

『呵呵，全都被妳這個超能力者看透了嗎？』生島苦笑。

『我不是超能力者。』

冬子鬧彆扭的轉過臉去。

看到她這樣，生島開口：『也只能這樣歸類了，雖然我知道妳的能力概念不同於其他典型的超能力者……』

『不是那樣。』

『要不然是怎樣？』

『我本身不具備任何能力，不像百百路樹能夠藉精神力量移動或毀壞東西，我和他根本上不同，我只是借用別人的能力而已——在我想要保護自己的時候，能夠喚來守護靈；想要對打時，能夠借用動物靈或惡靈的力量罷了。』

『請說。』

『話是沒錯……有件事我很早之前就想問妳了。方便問嗎？』

『為什麼那些靈魂——是這樣說的嗎？就是妳使用的惡靈或動物靈，它們願意聽妳的聲音、借妳力量？』

『你不知道嗎？』

『咦？』

『我的體內住著另一個人。所有的一切，都是那個人為了你所做的喔。』

『為了我？』生島愣了一下。

想要為我盡心的人。

生島只能想到一個人。

就是為了他，才會失去的幼小生命。

——爸爸，我回家路上去一趟超市。——

女兒代替感冒休息的生島去買東西，卻遇上交通意外。

生島的心中有股不好的預感，於是趕到公車站去接女兒；公車剛好和大卡車迎面對撞而嚴重損毀。

生島撇開悲鳴與怒吼，從倒下的公車破窗拚命窺視車內、叫喚名字。

沒有回答。

不論人在多遠的地方、不管是否和朋友在一起，只要自己一呼叫，她一定會回應，現在卻沒有回答。

呻吟與哭泣聲充滿車內，卻不見女兒的蹤影。

女兒早就從破窗飛出窗外。

找到人、趕到她身邊時，女兒已經沒氣了。

在緊擁的懷中逐漸冰冷的身體。

想要否定世上一切的絕望。

生島的時間在那瞬間已經停止。

從那時候起，活在這世上唯一的希望只有一個。

如果時間能夠倒流，自己什麼也不要，甚至是這條命。

即使要與惡魔定契約，他也不後悔。

對。他的希望，只有一個……

『生島所長？』

冬子的聲音回到耳裡。

生島看向坐在自己身邊這個表情總是陰沉的少女，這幾乎是他第一次這麼仔細盯著少女看。

表情感覺有點眼熟。輪廓完全不同，但是表情的表現方式和偶爾出現的動作，的確和女兒有點相像。

『……一色，妳該不會是……』

『果然沒錯。生島所長，你是「這孩子」的父親。』

『她在你身體裡是嗎？我的女兒……智惠……』

『嗯，是的。她常常叫我要聽從你的話，條件是她會把「朋友」借我使用……』

『一色……』

生島突然想起名字。他光是為了女兒就費盡心力，沒時間想到其他受害者與相關人員，不過他還記得兩個名字。

一個是本來以為也死於意外、卻奇蹟似偶然獲救的少年。

另一個是從原本的重傷、意識不明生還的少女。

他曾流淚希望這兩個其中之一會是自己的女兒。

生還少女的名字，他只隱約記得。

『一色，妳也在那班公車上嗎？』

『是的，我在車上，而且差點死掉。從那之後，我就有了你們所謂的「靈媒能力」，雖然說我並不想要，但這是住在我身體裡的女孩子希望的——』

『怎麼會有這種事……怎麼會這樣……』

生島說不出話。

『生島所長，我身體裡的少女說你沒有錯。可是，真的是這樣嗎？我漸漸不能認同了。生島所長、百百路樹，還有我，或許我們都錯了吧……』

『……智惠……我……』

『我不是智惠，我是一色冬子，是那場公車意外中，奇蹟獲救的七名小學生之一。』

『我錯了嗎？我……我只是，為了智惠……妳……』

『過去的時光不會復返，無論有多難以接受，這都是神的意思。』

突然聽見這句話。

悅耳的低沉嗓音，聽來彷彿傳自天上。

仰望天空。

他在那裡，在天空閃耀的極光之中。

緩緩降臨的姿態，宛若帶來神意的天使。

7. 從『零』出發

爆炸。

眼前全是教人睜不開眼的光芒。

衝擊降臨，振動耳膜，麻痺全身。

可是我沒死，又獲救了。

在只能稱作『奇蹟』的關鍵時刻，『他們』出現了。

海人、將，還有猛丸。

身體已經傷痕累累、要站著都很勉強了，仍舊執意來救我。

他們一定使出最後的力量了，三人都跪坐在當場。

『……嘿，看來我們趕上了。』

『多虧有我的瞬間移動力啊，你們……』

海人和將的聲音沙啞。

『太好了……翔……』

猛丸則是連眼睛都睜不太開的模樣。

『我發誓捨命保護你……果然沒食言……』

負傷拚死守護我的三人，就在眼前。

麻耶的眼睛，已經不再睜開。

条威不曉得在哪裡。

也許是遭掉落的隕石直接命中了。

我心中沸騰起一股悲傷與憤怒。

『不要啊啊啊啊啊啊啊啊啊！』

我不要變成這樣！不允許！

『哈哈，哈哈哈哈哈！看我送你們上西天！』

頭上傳來百百路樹的笑聲。

『就讓一切結束吧！這樣不是很好？我和你們都是多餘的呀，即使這個世界繼續存在，也不需要我們！』

百百路樹飄浮在夜空中，雙手朝向天空。

在他的動作召喚下，無數的流星降落。

轟炸而來的隕石。

捲上天的沙塵、折斷的大樹、水、岩石、房屋殘骸，全都成為超能力怪物百百路樹潤的兇器，朝我們飛來。

『讓一切結束吧！結束！這樣做對這世界最好！來吧，讓時間倒轉，類別零！狠狠地把時間倒轉到你滿意的時刻！也許時空會因此而摧毀到什麼都不剩，連同我和你不見容於世的強大力量一起摧毀！哈哈、哈哈哈哈！沒錯，把那時候的事情也全部歸零！類別零在的正是時候啊，對吧，馳翔老弟！』

他在說什麼，我聽不懂。

可是，或許一切真的是我不對。

——不是！不是那樣！——

腦袋裡聽到聲音，是綾乃的聲音……？

『都是你不好，事情才會變成這樣。』

『是我……不好……？』

——沒那回事，翔，你什麼都……——

『是啊，沒錯，不好的人是你，你的存在本身就是個錯誤。最教人無法饒恕的，就是你能夠隨心所欲胡亂逆轉時間！』

『我……把時間……』

——不可以聽那傢伙的鬼話！——

『對，你不知道嗎？我來告訴你吧，你擁有倒轉時間的能力！你是「時間回轉超能力者」！』

『時間回轉……我……』

腦子一片混亂，無法理解。

總而言之，錯的似乎是我，都是我的關係，大家才會……

——不可以，翔！拜託你不要感覺悔恨。——

『稍微有點責任感了嗎？哈哈哈哈，那就快點倒轉啊！倒轉到你覺得可以的時間為止……我媽捨下我死掉了……就回到那時候吧！沒錯，就算失敗導致時空毀滅也無所謂。我已經什麼都不需要了！』

百百路樹說話的同時，所有『兇器』朝我落下。

結束也可以，繼續也無所謂。

或者，我應該讓一切重來？

我已經不知道該怎麼辦了。

來人啊，告訴我。

『閉嘴——！』

吶喊聲響徹『死亡森林』。

是条威。

——条威……是条威嗎……？——

綾乃喃喃地說，臉上的表情彷彿見到神或惡魔。

我也是同樣的心情。

眼前的不是我和綾乃認識的条威。

現在不管是讀心術超能力者或預知能力者，這些分類都沒有意義了。他的身體沸騰起一股能量。

像太陽日晷般噴出的能量，看來宛如翅膀。

那是火紅燃燒的憤怒。

他迸出精神波翅膀飛行在高高的天空。

爬升到與百百路樹等高的位置後，對他伸出猛烈燃燒的火焰之掌。

『等你很久了，条威。』

百百路樹湧出敵意，以同樣姿態迎戰。

他們兩人到目前為止，應該未曾正面交鋒過才對啊。

不對，他們甚至沒見過面吧？

可是，兩人過去一定有什麼淵源。

某個相似的淵源。

不曉得為什麼，我能夠清楚感覺到這點。

『你早該在那時候死掉的。』

条威的語氣充滿憐憫。

『那時候』——条威這麼說了，他們兩人果然以前曾經……

『該死的是你，条威。』

百百路樹的語氣也相同。

他們彼此同情地凝視對方。

『沒錯，我和你都是，百百路樹，如果當時我們誰都沒活下來，即使翔是類別零，也不會演變到現在這地步。對，海人、將，當然還有猛丸都是……在那時候……』

『結果仍然會一樣的。即使我死了，一定還會有其他人做出同樣的事情。因為每個人都有後悔不完的過去。明明過去已經過去、現在是現在了，仍然無法停止後悔。這就是人類啊，我說錯了嗎，条威？』

靜止在空中的兩人身上，充滿幾時爆發也不奇怪的敵意。

如果爆發的話，鐵定阻止不了。

百百路樹和条威兩人一定會全力出盡自己的超能力波，來個硬碰硬。

要是真的如此，就沒人能夠阻止了。

他們會把彼此的一切全都抹去。

『你說得沒錯……』

条威的表情滿是苦澀，開口：『同樣的事情仍然有可能發生，但是，只要沒有你這個怪物，情況……』

即使距離這麼遠也能知道，条威在哭。

然而，那淚水正是最後的開關。

『百百路樹，唯有你我無法認同！』

——不可以，条威！——

綾乃最後的吶喊，他們大概都沒聽到。

轟！火紅燃燒的火焰和青白色的冰冷閃光同時迸裂、糾纏，四周彷彿慢動作重播了電影中看到的原子彈爆發瞬間。

能量一下子降臨在我們腳邊，森林的樹木、空氣、黑暗，全都被吸進去了。

条威還在那個夢裡。

彷彿是前世，又好像是遙遠的未來。

即使經過數千年光陰、流逝數萬年的歲月，同樣的記憶仍存在於『自己』這個『生命』之中，不曾間斷。

那時候應該沒有『翔』這個名字。

也沒有『条威』這名字。

可是，自己的確和他有著共同的前世。

這記憶經過無數次誕生與死去，仍舊深深滲入某處留下。

我的朋友，總有一天，我們會再見面……

逐漸淡去的意識中，条威微微一笑。

後來經過了多久？

醒來時，我已經站在校門前。

時間已接近黎明時分。

我沒印象自己走出戰鬥發生的森林。

一定是綾乃的靈魂附在我身上，把失去意識的我帶到這裡來。

走過校門，天空中仍掛著極光和微微的曉光。我看到坐在校舍入口處的燈山姊，和靈魂已經回到身上、睜開眼的綾乃。

『……燈山姊……綾乃……』

我踏著快要昏厥的腳步走近她們。

『翔……』

講到這裡，綾乃說不出話來。

親眼看到那場戰爭的綾乃，一定也想不出能夠對我說什麼話。

當然啊，因為都怪我，大家才會……

哭不出來。

情緒已經超越悲傷，只剩下無藥可救的絕望填滿我的身體與心。

『我該怎麼做才好？』只能吐出這句話。

我稍微明白自己的力量了。

只要使用這力量，或許就能夠讓時間倒轉、讓一切重來，避免最糟的結局。
可是在此同時，這個世界本身會發生矛盾。
燈山姊說過，『時間悖論』可能會引發難以想像的毀滅。
所以大家才會死守著我。
我不能枉費大家的心意、將這個世界推向危險。
可是，就這樣捨棄他們，我愈來愈……
『翔……』
燈山姊突然起身抱住我。
『燈山姊……我……』
『已經夠了，翔，你沒有做錯什麼。』
『是我的錯，燈山姊，我想妳應該不知情，我……』
『不是的！』
『咦？』
『是条威要我告訴你的，他要我對你說：「翔沒有錯。」』

『……』

『會發生什麼事，条威早就知道了，知道無論自己如何掙扎也避免不了的未來。条威不認為是你的錯，也不希望你自責，所以要我告訴你……』

『翔……我的想法也一樣。』

綾乃也開口。

『——你很努力，拚命奔走、盡力去做所有你能做到的事情，這些我都知道。每當大家瀕死之際，你就使用自己的能力，因此大家最後能夠來到那座森林。』

『沒用啊，結果大家還是……』

『沒關係，他們一定都還平安活著。』

不可能，我很清楚。

可是現在還來得及！

只要把時間倒轉到前面一點，一切就能夠重來了。

沒錯，我還在猶豫什麼？

我必須做的就是……

——這樣做真的好嗎，翔？——

『什麼？』

我聽見某處傳來的聲音。

印象中好像聽過那聲音，可惜太遠了，分辨不出來。

周圍也沒看到其他人。

難道是……神？

我在心裡這樣一問，馬上得到回答。

——我不是神，只是受到神的委託前來。——

神？我已經不信那種東西了。

即使真的有神，老爸說過，神不會懲罰為惡、救贖為善的人類。

——沒錯，他說得沒錯。神與人類主觀判斷的善惡，毫無關係。——

既然如此……！

——可是，雖然如此，神絕不會放過明顯的錯誤。——

明顯的錯誤？

——是的。你違反了規則，超過神的尺度，所以對神來說，翔，你必須被消滅。——

消滅我？那就快點動手啊！

那樣我會比較輕鬆。

——不行，因為那也違反規則。要消滅你，就必須透過某人的手殺了你，問題是沒有人想要殺你，因為你屬於人類善惡中的『善』類。——

別再說大道理了！

直接告訴我結論吧！

你到底打算拿我怎麼辦？

——我想讓你選擇。——

選擇？

——兩個選項讓你選，看你是要維持現狀，什麼也不做，把一切忘了？或者是將一切恢復原狀，相對地，你將失去寶貴的能力。——

忘了？忘什麼？

——忘掉所有你想忘掉的一切。這種小事我可以幫忙。當然，這樣一來你的珍貴能力便得以保存下來，而且就算知道自己有這能力，也不會有影響。不過，今後使用時必須多加留意，不能讓其他人知道你的能力，也不要連續使用太多次，否則時間很難恢復。到時候如果有人剛好產生矛盾、造成時空大洞，也許會一團亂。——

意思是，我可以忘了不喜歡的事情。

只要挑自己喜歡的記憶記得，一帆風順地活下去？

——正是如此，翔。——

我不要。

我失去了好多朋友。

不可能忘記，也不想忘記。

因為大家都是為我而戰。

——說得也是。那麼，只剩下一個選項了，放棄『時間回轉』的能力。——

無所謂。這種狡猾的能力，沒什麼值得欣喜的。

又不是打電動，沒辦法重來當然比較好啊。

老爸也常說，正因為人生無法重來，所以每天都要好好珍惜。

我也是同樣的想法。

不曉得前方會出現什麼路，走起來比較有趣。

——好，看來你已經下定決心了。既然這樣，請照我說的做。你一定能夠辦到。——

咦？不是你幫我處理嗎？

——廢話。不靠自己的力量達成，還有什麼意義？那也違反規則。難道你是沒有朋友、父母的幫忙，就成不了事的懦夫嗎？——

才不是！我做給你看，你說吧！

——那麼，首先前往我說的場所，然後將時間倒轉到我指定的時間。不只是五分鐘前，而是更早之前，所以不可以只倒轉自己周圍的時間，否則會陷入時空矛盾。——

唔、嗯。是要我倒轉整個日本的時間嗎？

——不夠，範圍必須更大。——

咦？難、難道……

——對，就是那個『難道』。——

我照著某處傳來的神之使者所言，開始跑起來。

當然也和燈山姊、綾乃好好告別了。

雖然不見得再也見不到面，但再度相遇應該是好一陣子之後的事情了。

老爸、老媽馬上就會見面，應該沒必要說什麼吧。

不過，真的能順利嗎？我有點擔心。

因為那個神之使者，總覺得有些……

喂，現在不是想這種事情的時候了。

必須快點趕到『約好的地方』。

我再一次回頭看看學校，對一直目送著我的燈山姊和綾乃揮手。

再見。

我們一定會再見。

躲在陰暗處的馳龍馬目送兒子的身影融入拂曉，手擺在一旁屏息的生島荒太肩膀上。

『已經可以了，生島所長，不用躲了，翔已經走遠。』

『是嗎……馳先生，你不現身這樣好嗎？』

『嗯，一定會再見面，所以沒必要。』

『原來如此，你很相信你兒子，所以認為沒必要道別吧。真是教人羨慕。』

生島說完，斜眼看向佇立一旁、望著天空的一色冬子。

想想，如果時間倒轉順利，也要和她就此道別了。想和她說再見，又想到或許有機會再相逢，結果反而找不到時機說再見。

突如其來的分離太悲傷，可是當意識到這點時，或許能夠跨越那股寂寞。

『不過，與長期敵對的你這樣親近聊天，實在有些難為情，或者說忐忑不安。』生島說。

『不，我們不是敵對的。近一年控制權完全被「化裝舞會」那幫貪心的世俗傢伙奪走雖然有些可惜，不過就結果看來，似乎這樣比較好。』

出乎意料的發言，讓生島嚇了一跳。

『咦？什麼意思？』

他湊近龍馬的臉。

『建立「FARM」的人是我。』

『什麼？真的嗎？』

『是的。因為意想不到的意外，喚醒了翔的能力。要控制住他，必須集合大批超能力者。再者，類別零的能力，也讓靠近他的超能力潛力者急速覺醒。』

『就像當時活下來的那群少年？』

『沒錯。為了避免他們的力量被使用在非正途上，「FARM」有存在的必要，只不過非公開的組織最後必然走向腐敗。後來終於在沒有知會我的情況下，出現了「綠屋」那種沒人性的設施。』

『都是我的錯。』

『我也應該負責。身為超能力者的我，原本就應該好好照顧自己的兒子才對。』

『你何時發現兒子的超能力資質？』

『沒有所謂何時。兒子繼承我的血脈，因此具有超能力者基因是可以預見的。其實不少孩子都具有潛在的超能力，不讓能力覺醒的話，就和普通人沒兩樣。不可以胡亂讓能力覺醒，這點生島所長也很清楚吧？』

『是的。連高等潛力者，我們也以藥物或機械強制覺醒……這種行為本身就是最沒格調、最糟糕的犯罪行為。我也知道自己的行為不被允許，卻……』

『別再自責了。難得有機會讓一切「歸零」。你和「化裝舞會」那群貪心的出資者不同，不是為了個人貪欲，甚至可以說，我痛切明白你的心情，因為我也是為人父親。』

『真的很抱歉……』

生島深深一鞠躬。

不只是對眼前的龍馬，也是對那些為了自己發狂願望而受苦的所有少年們。

『天空的顏色變了……要開始了……』

仰望掛著極光的黎明天空，冬子說完，微微一笑。

那是充滿少女味道的開朗笑容。

『好了，三年半前的「冬末」如果變成「夏末」，大家會嚇一跳吧？一定會吧……』

龍馬說完，露出惡作劇的笑容。

燈山和綾乃仍然坐在樓梯口。

擺在階梯上的手機，從剛剛開始就響個不停。

燈山晶只是看著來電顯示上『佐佐木』的名字，沒打算接聽。

綾乃問：『不接可以嗎？』

燈山瞇起眼睛。

『呵呵，無所謂，反正對他而言，我是「過去的人」。』

由未來世界的佐佐木來看，相差一個小時的自己的確等於過去——燈山的話裡部分是這個意思。

綾乃有些驚訝地看了看燈山，企圖轉移話題，說：

『不過，我完全沒發現自己和翔見過面，就在三年半前的那場公車意外上。』

『是啊，命運真是不可思議呢，真的……』燈山望著極光說。

『沒有那場意外的話，一切就不會開始，我們也不會相遇了。』

『這樣講聽起來好寂寞喔。』

『呵呵呵。一定會再度相遇的。我認為命運就是如此，不管發生什麼事，注定相遇的人們，他們的命運之線會把彼此拉近。』

燈山這番話，是對現在不在場的某位少年說。

一定會再見。

對吧……？

『命運之線……嗎？或許真是如此呢。』

綾乃也為了另一位某人，再度咀嚼著這句話。

後語

『哇，這公車晃得好厲害啊！』

翔拚命伸手想抓住吊環，卻抓不到。

在班上也是前面數來第三矮的翔，到了小學五年級，終於長高，能夠如願抓到公車吊環了。

雖然真的應該要抓住吊環，但翔又想要帥不抓。

看到翔這副模樣，有個女孩子小聲笑了起來。

年紀大概與翔相同吧？

她坐在第一個位子上，帶點栗子色的長髮編成辮子。

（哇哇，好可愛！）

翔的驚訝遠勝過公車的晃動。

（我記得我們學校沒有這個女生。仔細一看，她好像沒背書包，不住在這附近嗎？一直盯著她看，會讓她不舒服吧……可是……）

仔細看看，她的左右眼睛顏色不同。

右眼和翔一樣是黑色，左眼則稍微帶點藍色。

（哦……好特別。偶爾會看到貓有這種眼睛……會不會是有外國人的血統？）

翔忍不住一直盯著看，結果公車再度劇烈搖晃起來，翔撞到拉著吊環的國中生。

『痛死了！你發什麼呆呀，啊？』

威嚇的聲音尖銳得要命。

『喂！怎麼兇人家呢？真是……抱歉喔，小朋友。』

『沒、沒關係……』

仔細一看，國中生正背著不搭調的書包，站在旁邊的八成是母親吧。

身高將近一百七十公分，卻是小學生？

（好高大，個性卻很差……沒見過的傢伙，該不會是轉學生吧？我一定會被他欺負！）

高個子少年注意到翔的視線，立刻難為情的把書包卸下、掛在手臂上，一手插在口袋裡，頭轉向一旁去。

他那副模樣很奇怪嗎？辮子女孩掩嘴偷笑。

坐在她旁邊、比翔小一、兩歲的男孩子，也跟著笑了起來。

那名小個子男生的頭髮綁在後腦勺，穿著長相都不像日本人。

一定是中國人！——翔不自覺地這麼認為。

『啊，怎樣啦！可惡！』

害羞臉紅的高個子少年，還滿友善的嘛。

有這種同學或許也不錯。——翔隱約這麼想。

公車再度大力搖晃後，在公車站牌停車。

翔在意著平常沒見過的乘客，一直心浮氣躁。

平日他總是不發一語地忍耐晃動，直到目的地，今天他卻很開心，彷彿再度見到昔日舊友般興奮。

一位膚色白皙的男孩子和母親一起上車。

清爽滑順的頭髮加上女孩子般漂亮的長相，身高相當高，但馬上就看出他是小學生。

不曉得為什麼，翔今天特別在意乘客。

少年輕鬆抓著吊環，幫懷孕的母親拿東西，一邊看著窗外。

陽光照射的臉頰上看來閃閃發光。如果他是女生，鐵定是個美女！——他是位會讓人這樣想的美少年。

又不小心盯著人家看了。對方也注意到翔的視線，露出微笑。

『你讀這附近的學校？』

翔不自覺地開口。

他平常絕對不會做這種事。

『不，不是。』

少年以無憂無慮的笑容回應。

『——不過，過一陣子就會轉學過來了……你呢？』

『啊，我住這附近。這一帶什麼都沒有喔。』

『是嗎？我還滿喜歡的。』

說完，少年瞇起眼睛看著窗外耀眼的景色。

翔平常搭公車，一定一開始就鎖定後面的座位。

因為那邊的位子高一階，對小個子的翔來說，總覺得坐在那裡很愉快。

可是這天，他因為在意這群乘客的關係，變成站在駕駛座後方。

這或許是好事。

公車再度大力晃動起來。

『啊——真是，這公車會不會晃得太厲害了？』

翔想要對司機抱怨，探出身子湊近看向司機的臉。

就在這個時候……

司機的脖子一偏，頭點個不停。

（不、不會吧！）

翔突然想到，打瞌睡？

他連忙擠進駕駛座，搖晃司機。

『起來！不可以睡！司機先生！』

PISTONS

司機嚇了一跳、用力睜開眼睛。如果他沒有立刻重新握住方向盤，鐵定會釀成嚴重的意外。

因為公車剛好來到快速道路，且正好和大卡車交錯而過。

『對、對不起，對不起，小弟弟。呼——好險，謝謝你。』

司機緊急煞車、把公車停下，一臉嚇得提心吊膽的表情，轉身向乘客們鞠躬道歉。

一位乘客為阻止一場突發意外的翔鼓掌。

就是那位辮子美少女。

公車內掌聲紛紛四起，最後連提著購物袋的女孩子也特地把東西放在地上，開始鼓掌。

『沒、沒什麼，我只是做了我該做的……』

害羞微笑的翔，感覺自己好像英雄。

不一會兒，公車抵達翔的目的地。

或許是遭遇危險的共患難心情吧，翔感覺自己和這群在公車上偶然遇到、年齡相仿的少年們，已經是朋友了。

下公車時，他們彼此自我介紹。

真希望能再見面！——翔這麼對大家說。

這對於一向不擅長交朋友的翔來說，很稀奇。

公車站牌處，一個戴著口罩、身體不適的父親來接拎著購物袋的女生。

她的年紀應該也和我差不多。

公車上另外還有一名與母親一起的眼神銳利少年，以及表情陰沉在看恐怖漫畫的少女。他們兩人也和翔差不多年紀。

這兩人剛剛也一直看著翔。似乎在哪裡見過？——想不起來。

沒有印象，但翔也隱約在意著。

這就叫做『似曾相識』嗎？——翔邊想著，邊跑向家的方向。

父親龍馬難得在玄關處等待翔的歸來。

『你回來啦，翔！』

莫名有精神的開心迎接，反而讓翔嚇了一跳。

他一定是想要早一步讓我看到他手裡拿的模型材料。

翔為了新故事製作新的角色，現在正在構思森林、寶劍與魔法世界的奇想劇情。只要提到這個，老爸就很開心。

『你看，這個材料，你一直想要的，快點打開看看！』

老爸像個小孩似的跟在翔身後，翔正要把東西拿到客廳去。

看到這情況，老媽和姊姊們同時苦笑著說：『你們父子倆真是一個模子刻出來的！』

翔大口咬下母親拿出來的點心，問：『媽，現在還是三月吧？』

『廢話。說什麼奇怪的話啊？怪孩子……』

『怪了，怎麼覺得天氣很暖和，你們不覺得熱嗎？剛剛我還在想，應該再冷一點才對。一放晴，天氣就變得好像夏天喔。』

『翔，說什麼傻話？老爸，你也說說他啊，小學生還說這種話，傷腦筋吶。』

『哈哈哈哈，我可不知道喔，老媽。』

老爸一如往常地看著報紙。

『所謂四季，來自於地球公轉，也就是地球花三百六十五天繞太陽一周而來。因為地球的迴轉軸，也就是「地軸」，稍微傾斜的關係，各地受太陽光線照射的情況會不同，因此地軸如果因為某些原因一口氣偏斜，季節有可能在一瞬間逆轉。』

『喔——好有趣喔，爸。』

翔最喜歡聽父親談這類話題。

充滿夢想，同時也讓他自豪父親的無所不知。

『季節錯亂只和地軸的傾斜有關係嗎？』翔問。

於是父親露出惡作劇的笑容。

『問得好。假設只把地球上的時間倒轉至「春天」，從宇宙看來，地球的位置位在公轉定義的「秋天」，而地球本身的傾斜度也沒有改變，季節就有可能持續停留在秋天了。』

『哎呀，老爸，別再那邊胡言亂語，把這袋垃圾拿去後面。』

『好好好。翔，上次那個，你構思的全新奇幻故事的登場人物和名字，都想好了嗎？』

父親一問，翔一副『就等你問』的表情回答。

『嗯，剛剛決定好了。高個子的戰士叫「海人」；擁有治療能力的大法師是「小龍」；長得最帥的超強第一男配角是騎士「条威」……然後女主角是公主「綾乃」……』

『哦——那，主角呢？』

翔得意洋洋比了個V手勢，說：『當然叫做「翔」嘍！』

（完）

與時間競賽的真人版遊戲？
史上最大的校園災難，即將引爆！

都市冒險王③

強襲！炸彈怪客

勇嶺薰◎著　西炯子◎圖

期待已久的校慶終於來了，為了趕在校慶前完成所有準備工作，我跟創也半夜溜進學校布置教室，沒想到竟捲進了「頭腦集團」的炸彈攻擊陰謀之中！
除了要解除將在校慶當天引爆的定時炸彈，還得找出混在校慶人潮中的犯罪者，我們開始這場宛如真人版RPG的『尋找炸彈客』遊戲，可是，這場遊戲不但差點摧毀了學校，也把我和創也推向了空前危險的邊緣……

【2009年2月即將出版！】

搞什麼鬼啊?!
她竟然叫我忘了以前發生的所有事情！……

窩囊廢戀愛危機

板橋雅弘◎著　玉越博幸◎圖

盼望了好久，咲良終於順利考上了東京的高中！滿心期待再次和咲良相聚的隼，數著日曆等待咲良搬來東京的日子，沒想到卻先收到了她的一封信！第一張寫著：『窩囊廢，謝謝你過去的幫忙。』第二張則是：『窩囊廢，請你忘了以前發生的所有事吧！』這簡直是青天霹靂！兩人經歷了這麼多風波，現在好不容易能在一起了，咲良竟然要甩了他嗎？……

【2009年2月即將出版！】

國家圖書館出版品預行編目資料

閃靈特攻隊/青樹佑夜作;綾峰欄人圖;黃薇嬪譯.
-- 初版. -- 臺北市：皇冠, 2008.07- 冊；公分.
-- (皇冠叢書;第3750種--；YA！002-)
譯自：サイコバスターズ1-
ISBN 978-957-33-2429-4 (第1冊；平裝). --
ISBN 978-957-33-2471-3 (第2冊：平裝). --
ISBN 978-957-33-2507-9 (第3冊：平裝)

861.57 97009404

皇冠叢書第3819種
YA！014

閃靈特攻隊③
サイコバスターズ3

作　　者—青樹佑夜
插　　畫—綾峰欄人
譯　　者—黃薇嬪
發 行 人—平雲
出版發行—皇冠文化出版有限公司
台北市敦化北路120巷50號
電話◎02-27168888
郵撥帳號◎15261516號
皇冠出版社(香港)有限公司
香港灣仔駱克道93-107號利臨大廈1樓
電話◎2529-1778　傳真◎2527-0904
出版統籌—盧春旭
責任編輯—施怡年
版權負責—莊靜君
外文編輯—蔡君平
美術設計—許惠芳
行銷企劃—何曉真
印　　務—林佳燕
校　　對—邱薇靜・劉素芬・施怡年
著作完成日期—2005年
初版一刷日期—2009年1月

讀者服務傳真專線◎02-27150507
電腦編號◎515014
ISBN◎978-957-33-2507-9
Printed in Taiwan
本書定價◎新台幣180元/港幣60元